追憶の雨

「っぁ……ん」

舌先で転がされ、あるいは指で捏ねられて、抑えきれない声がもれた。

追《つい》憶《おく》の雨《あめ》

きたざわ尋《じん》子《こ》

ILLUSTRATION
高《たか》宮《みや》東《あずま》

CONTENTS

追憶の雨

追憶の雨

1. レイン

内勤という形でレインがこの小さな島に籠《こ》もるようになって、もう十四年がたつ。

周囲二キロほどの島は個人所有のもので、かつては管理者一家とハウスキーパーが数名、そして庭師が常駐《じょうちゅう》していただけだった。

年に一度、この島でパーティーが開かれるときだけ世界中からゲストがやってきて、そのもてなしのために臨時のスタッフが集められていたが、それも一時のことだ。そのまま何日か滞在していく者や、バカンスのためにあえて訪れる者もいるものの、一年を通して滞在する「同族」などいなかったと聞く。それぞれ外の世界での仕事や役割があるからだ。現在はバカンスと称して数名のゲストが島にいるのだが。

(鬱陶《うっとう》しい)

屋敷のなかを歩いていると、やたらと視線が絡《から》みついてくる。スタッフたちはレインのことなど気に留めない——というよりも意識しないようにされているが、同族たちはそうもいかないのだ。最初の頃に手ひどく対処したこともあって強引に口説いてくるようなことはないとはいえ、隙あらばという気配はひしひしと感じる。自意識過剰なわけでなく、複数の知人たちから忠告を受けているので間違いないだろう。

女性的な繊細《せんさい》な顔立ちに、あまり高くはない身長、そして線の細い身体《からだ》付き。肌の色はきわめて白く、目の色はアイスブルーで、髪は癖《くせ》のほとんどない黒。ルーツを特定することは難しいと言われてきた容姿だし、レイン自身ですら把握していない。いずれにしても、レインは自分の容姿が彼らにとって魅力的に映《うつ》ることを知っていた。幼いときから同性にそういった目で見られ続けてきたのだから、自覚しないほうがおかしいだろう。

細いとはいえ、けっして貧弱なわけではない。むしろしなやかな筋肉で覆われ、嫋《たお》やかさなどとは無縁のはずだが、立ち居《い》振る舞いに品があって色気すらあるらしい。らしいというのは、レイン自身はそんなことを思ったこともないからだ。ただ細身であることは事実であり、レインより華奢《きゃしゃ》な同族は知る限りたった一人しかいなかった。そのせいで、女性の代わりのように見られてしまうのだというのは知っていた。

視線を逃れるようにして、大きな母屋《おもや》にある書斎《しょさい》に入り、パソコンを起動させる。

書斎という名称の広い部屋には、複数の通信機器とパソコンが置いてあり、世界中から頻繁《ひんぱん》に報告が集まってくる。それを受け取って、まとめて上の者に報告し、問題がないと判断された情報を同族間で共有できるようにするのがレインの仕事だ。地味な作業だが、かつては専任の者がおらず、数名の者が本業の合間に交代でやっていたので、レインがその役割を負うことになったときは大いに歓迎されたものだった。

いまから十四年前に、一番新しい仲間として加わったレインは、抱えている事情により外の世界にいるのは危険だと判断された。その決定に否《いな》やはないし、そもそも外の世界には興味も未練もないので、現状にも不満はない。もともと他人を受け入れられるような性質ではないのだ。ただ一人の例外を除いては——。

一瞬だけその存在を思い浮かべ、すぐに打ち消した。

もう二度と会うこともない相手だ。十四年ものあいだ、一日たりとも忘れたことはなかったが、向こうはとっくにレインのことなど忘れてしまっているかもしれない。

それでいいと思っている。子供だったあの子は、とっくに成人して責任のある立場となった。レインは彼が就《つ》いた職業しか聞いておらず、写真すら見ていないのだが、順当に育っていれば美しい男になっているはずだ。付き合っている相手の一人や二人いるだろうし、過去など振り返ることなく幸せに暮らしていることだろう。

ふっと息をつき、意識が逸《そ》れていたのを戻してから、暗号化されたメールを開く。

昨夜のうちに五つばかり報告が来ていたが、それらに目を通した結果、緊急性はないと判断する。そういうものは一日の終わりに、まとめて再び暗号化して送ればいい。

わざわざ暗号化しているものの、使っている言語が特殊なため、たとえメールの中身をかすめ取ったとしても、解読するのはかなり難しいはずだ。

なにしろ世界中で百人足らずの者たちだけが使っている言語なのだから。

それでも歴史はけっして浅くない。千年前に人工的に作られ、脈々と受け継がれてきたものなのだ。もちろん変化はあったようだが、それは新しい言葉が加わったくらいで、そう大きく変わってはいないという。

作業を終えると、レインは窓の外へと目をやった。

今日は天気が悪い。風も強くて海も荒れているようだ。バカンスに訪れている同族たちが屋敷にいるのは、天気のせいもあるらしい。離れもいくつかあるのだが、いまは人数がそれほど多くないので母屋に集められているのだ。ビーチは無理としても、プールやテニスコートがあるのだからそちらで遊べばいいのに、彼らは建物のなかで過ごすことにしたようだ。

ぼんやりとしていたレインの耳に、メールの着信を知らせる音が届いた。

差出人はアメリカを生活拠点にしている同族――ラーシュという男で、そこには新たな同族候補に関する報告が記されていた。

目に飛び込んできた名に、レインは茫然《ぼうぜん》とした。

「エル……ナン……」

そこには〈エルナン・コスタ〉という名が確かにあった。写真こそないが、年齢も経歴も、すべてがレインの知る彼だと示していた。

二十六歳の、アメリカ国籍を持つ青年。だが脳裏《のうり》に浮かぶ顔は、彼が十二歳のときのそれだ。それしか知らないからだ。

彼はレインにとって唯一の、愛しくて大切な子供だった。レインの希望であり、光であり、触れてはいけない美しいもの――。

自分の命よりも大事で、あの子のためならば、どんなことでも耐えてみせると誓っていた。

その彼が、同族への変化の兆《きざ》しを見せたという。それはつまり、死に至る病魔に冒《おか》されたということでもあった。

「そんな……」

レインにとって唯一のものが失われてしまう。

いや、厳密にいえば違うだろう。彼は現在の人生を終えるだけで、別のものになって新しい人生を歩むことになる。

レインと同じものとして――。

はるか昔に先人たちが「バル・ナシュ」と名乗り始めた種族は、元はすべてごく普通の人間だった。なんらかの因子《いんし》を持つ者が、死後にその身体を変化させることで、新たな種族として生まれ変わるのだ。その頻度《ひんど》は十年前後に一人だが、昔は五十年に一人しか誕生しなかったと聞いている。

一度すべての機能が停止したあと、新たな鼓動《こどう》を刻み始め、一定期間の深い眠りのあいだに身体中の細胞が生まれ変わる。その期間は個人差があるものの、そう大きな差はない。短くて一ヵ月、長くて四ヵ月だ。そしてバル・ナシュとして目覚めたあとは不老の身体となり、平均で五百年ほどの時間を生きることになる。不死ではないが、細胞はきわめて活発な再生能力を有し、病気も多少のケガも脅威《きょうい》ではない。また食事も必要なものではなくなり、水さえ取っていれば生きていけるようになる。だからレインは生まれ変わってからまったく食事というものをしていなかった。もともと食べるということに対し、生命維持の意味しか見いだしていなかったし、食事という行為自体が好きではなかったからだ。

ほかにもバル・ナシュ特有の性質はあるが、レインたちはけっして怪物などではない。異端ではあるが、人なのだ。

そんなバル・ナシュに、レインの愛し子がなるかもしれない――。

（エルナンが、同じ……）

こんな偶然があるのかと思う。

変化を遂《と》げる者の条件は、いまだにわかっていない。人種も年齢もバラバラで、死因となった病気も関係がなく、遺伝的な要素にも左右されない。一つの家系から二人以上のバル・ナシュが誕生した記録はないのだ。そして知人のあいだで変化が起きたことも。ただ子供と女性がいないことは認知されている。今後はわからないが、現時点で確認されたケースはなかった。

もちろんまだ可能性の話だ。因子を持ち、変化の兆候――つまり死期が近づいてきたからといって、全員が無事に変化を遂げるとは限らない。なかにはそのまま死んでしまう者だっている。その理由すらもはっきりとはしていないが、おそらくその性質がバル・ナシュの特性に適合しないのではないか、と言われている。

果たしてエルナンはどうなのだろうか。彼の性格を思い出そうとしても、優しい子供だったということしか浮かんでこない。彼は常にレインを気遣《きづか》い、癒《い》やしてくれた。彼がいなかったら、レインは落ちるところまで落ちていたかもしれない。

（エルナンと、会えるのか……？）

彼は自分のことを覚えているだろうか。再会したら、また自分を受け入れてくれるだろうか。

期待と不安が、同じくらいの強さでレインの心をかき乱した。会いたい気持ちはあるが、会うのが怖いとも思う。過去を思い出させるレインとの再会は、エルナンにとって望ましいことではないかもしれないのだ。

しばらくのあいだ悶々《もんもん》と考えていたレインだったが、やがて我を取り戻し、果たすべき義務を思い出した。自覚していた以上に動揺していたようだ。

とにかくまずは報告を上げなくてはならない。別の報告とともに先ほどの内容を送ると同時に、専用の回線で電話をかける。比較的急を要する事態だからだ。

コールを五つ聞いた直後、歯切れのいい声が聞こえてきた。相手との時差はないので、まだ仕事に向かう前だろう。

「おはようございます。ご報告があります」

『おはよう。君がわざわざ電話をかけてくるほどの事態なのか』

ただ候補が見つかっただけならば、ほかの報告と一緒にすればいい。そのあたりを相手――クラウスは承知していた。

クラウスという男はバル・ナシュの次期指導者で、すでに実務ではトップといっていい立場だ。変化してから二百年はたっているらしいが、見た目は二十代後半から三十代前半といったところで、知的な印象通りの落ち着いた人物だ。堅いだけの人物ではないが、進んで冗談を口にするタイプでもなく、若手の同族たちからは畏怖《いふ》され、年が上の者たちからも一目《いちもく》置かれているようだった。

「ええ……先ほどメールでも送りましたが、変化の兆候が見えた人物が特定されました。それが、エルナン・コスタ、でした」

努めて淡々と告げると、一瞬の間があった。

『それは君の養い子ということか？』

「はい」

この十四年間、レインは収入のほぼすべてを自分以外の者に使ってきた。エルナンが成人して職に就くまでは彼のために、以後は恵まれない子供たちのために寄付を、代理人を通してやってきたのだ。この島で生活する以上はいっさいの金がかからず、欲しいと思うようなものもない。内勤の仕事に対して与えられる報酬の使い道など、ほかに思いつかなかったのだ。養い子というのは事情を知った上での言葉だった。

『そんなことがあるのか……』

唸《うな》るような、そしてどこか感嘆《かんたん》するような声は、バル・ナシュとして長く同族の誕生を見てきたからこそだろう。彼より年長の者ならば、もっと感慨は深いかもしれない。

『君としては、どうなんだ？　冷静でいられるか？』

「……わかりません。動揺していますし……自分でも嬉しいのかそうじゃないのか、よくわかっていないんです」

ただエルナンが二十六歳という若さで死んでしまうことだけはいやだった。生きて幸せになってくれなければ、レインは生きていく意味をなくしてしまう。あの子だけが、レインの生き甲斐だ。あの子が幸せになるのを、遠くからでもいいから見守っていたかったのだ。

それが触れられるほど近くに来るかもしれない。大人になった彼とどんなふうに接すればいいのか、どういう関係を築き直せばいいのか、レインにはまったくわからなかった。

虚勢を張ったり嘘をついたりしたところで意味はないから、いまの心情を隠すことなく口にした。

黙って聞いていたクラウスは、ふうと息をついた。

『身内、と言ってもいい君を相手に、こんなことを言うのは憚《はばか》られるんだが……事実として言わせてもらう。正直なところ、今回は少々危惧《きぐ》を抱いているよ』

「危惧……？」

怪訝《けげん》そうな声になってしまったのは、あとになって考えれば冷静さを失っていたというほかない。普段のレインだったら、この時点でクラウスの言いたいことに気付いたはずだった。

『確か彼は、連邦捜査官になっていたはずだね』

「ええ、そうですが」

『一般人に比べて、個人データの扱いが難しいだろうね。データはあちこちに残りやすいし、面倒な者たちにも顔を知られている』

ようやく危惧の意味がわかった。そして面倒というのは、主に現在の同僚たちを始めとする、国に属する人間のことだ。

バル・ナシュは自分たちの存在をひた隠しにしている。目立つ行動や、余計な記録を残すような行動は、徹底的に避けなくてはならないのだ。

クラウスの言い分はもっともだった。だがその程度のことならば、どうとでもなるはずだ。レインのときも、工作が大変だったと聞く。

「同じように、当分のあいだ島から出なければいいのでは……？」

私有地にずっといるならば、問題はまず起きないはずだ。記録にも残らず、人目につくこともないのだから。

『そうだな。まぁ、変化に成功するとは限らないしね』

「……まるで、失敗を望んでいるような言いぐさですね」

他意はなかったのかもしれないが、引っかかってしまった。いつもなら突っかかったりはしないレインも、さすがに黙っていられなかった。

『気に障《さわ》ったなら謝ろう。わたしだって同族が増えることは歓迎しているんだよ。ただ、我々は隠れていなければならない存在だ。不安材料に対して、警戒するのは当然だと思って欲しい』

不老の種族がいると知れば、ましてそれがもともとは普通の人間だったと知れば、バル・ナシュを研究し尽くそうと考える連中が出てくるのは間違いない。それ以前に、化け物として迫害を受ける可能性だって高い。バル・ナシュがそれに抗うには、圧倒的に数が足りないのだ。たとえ固有の能力として一瞬で暗示をかけられるとはいえ、一対一で目をあわせなければ果たせないものだから、どうしても限界はあるのだ。

そして次期代表であるクラウスが、バル・ナシュ全体のことを考えねばならない立場だということも承知している。

『懸念《けねん》しているだけでは意味がないな。早い段階から手を打つ必要がある』

「そうですね」

『アメリカ国内にいられると、いろいろと不都合だ。なるべく早いうちに、適当な理由で国外へ出てくれると助かるんだがな』

「自主的に、ということですね」

『そうだ』

不自然にならないように知り合いの前から姿を消すにはそれが一番確実だ。病状が悪化してからでは思うように動けなくなるし、こちらのフォローも難しくなる。バル・ナシュにはデータ改ざんのスペシャリストがいるし、人の記憶に干渉することが可能だが、万全ということはないからだ。エルナンの知人すべてに暗示をかけてまわることは不可能に近いだろう。

『彼への説明と説得を頼めるかな』

「え……？」

『死んだはずの君が言えば、説得力はあるんじゃないか？　まぁ、バル・ナシュの兆候が出た時点で、こちらの話を納得できないはずはないんだが……』

普通の人としての死が近づき、別の種族として目覚める準備が始まると、同時に本能が目覚めるのだ。それは漠然《ばくぜん》とした感覚であり、言葉ではうまく説明できない。レイン自身も十数年前に経験したが、同じ経験をした者でないと理解できないだろう。

バル・ナシュ同士の結びつきは、本人たちが自覚している以上に深いという。本能的な部分でお互いに深刻な危害は加えられないようにできているから、じゃれあったり悪ふざけの範囲では殴ったりという行為もするが、悪意で相手を激しく傷つけることはできないらしい。その一方で、同族に対して強い欲望を抱くことはままあり、その衝動に負けて襲いかかることはある。レインは何度それらの襲撃を受けてきたかわからなかった。すべて撃退してきたから、鬱陶しいという以外の被害はなかったのだが。

「俺である必要はないのでは……？」

『話したくない理由があるのか？』

「ありませんが……」

『なら、問題はないだろう？　相手は連邦捜査官だ。慎重すぎるくらいでいいと思うよ。もちろん直接会えとは言わない。君をあの国に戻すのは危険すぎるからね』

十四年という時間はけっして短くはないが、レインが人の記憶から消えるほどは長くない。あの当時とまったく変わらない姿を、知人に見られるわけにはいかないのだ。

レインもまたエルナン同様に、周囲の者たちが厄介《やっかい》だったからだ。いやかつてはエルナンも一緒にいたのだから、より彼のほうが慎重さを求められることだろう。

懸念を少しでも減らすためだ。レインは覚悟を決めて頷《うなず》いた。

「では、具体的な日時が決まったら連絡をください」

『そのときはフォローのために一度島へ行くよ。現地のカイルたちに、事前にコンタクトを取るように指示しておく』

「お願いします」

簡単な報告と打ち合わせだけで電話は終わった。今日明日ということはないだろうから、エルナンと話すときまでにもう少し冷静さを取り戻しておかねばならない。エルナンがどんな反応を示そうとも、平静を保っていられるように。

たとえエルナンが過去のことを——レインも含めて忌《い》まわしく思っていたとしても、けっして傷つくことのないように。

可能性はあるだろう。忘れたいと思っていても不思議ではない。

レインは目を閉じ、天を仰《あお》いだ。

期待と不安に押しつぶされそうになるなんて、初めてだった。


宣言通り、クラウスは三日後に島へやってきた。

突然の彼の訪問に、滞在していたバカンス組は大層驚いていたが、新たな同族絡みだということは悟ったようで、特になにも聞いてはこなかった。バル・ナシュは世界のどこかで起きる変化の兆候を自然と感じとるから、多少慌《あわ》ただしい動きがあってもいちいち騒ぎ立てたりはしない。新たな仲間への興味は大きいようだが、次期代表のクラウスは取っつきにくいらしいし、レインには過去に痛い目に遭《あ》わされているせいか、遠巻きに見ているような感じなのだ。

「カイルがエルナンに接触して、十四年前の暗示を解いたそうだよ」

「そういえば、あのときの担当もカイルでしたね」

バル・ナシュが変化の兆候を見せると、だいたい三人ほどの者が該当者の監視とフォローのために、ひそかに活動を始めるのだ。メインは一人で、ほかはサポートという形だ。彼らは周囲の人間たちの記憶を操作し、死体が消えたことなどのつじつまをあわせる重要な役割を負う。レインのときは、ことさら大変だったと聞く。一度は死体となったレインを運び、目撃してしまったエルナンの記憶を封じたのが、今回もメイン担当者でもあるカイルという男だった。彼はこれで三回連続のメインだ。よほど実働に向いているらしい。

今回、その暗示を解くついでに、カイルはエルナンに盗聴防止用の電話を手渡している。日時を教え、レインから電話があることも教えてあるそうだ。もちろん口外しないよう、へたな行動は取らないよう、新たな暗示もかけてある。同族同士では暗示もきかないが、まだ変化を終えていないエルナンには有効なのだ。

「そこまでするなら、やはり俺は必要なかったんじゃないですか」

「エルナンは半信半疑、だそうだ。全面的にカイルの言い分を信用したわけじゃないらしい。過去にはあまりいなかったタイプだな。ああ、そうだ。無事に変化を遂げたあとは、君に世話係を頼むから、そのつもりでいてくれ」

「……はい」

知り合いだからといって外すことはせず、積極的に関わらせることにしたらしい。もともとの人間関係が良好だったことは過去の調査とレインの証言でわかっているので、わざわざ外すこともないだろうという結論になったわけだ。

電話はクラウスが見守るなかですることとなった。目の前にいるとはいえ、正面ではないし、じっと見られているわけでもない。クラウスはエルナンのデータに目を通しつつも、耳だけこちらに向けているのだ。

登録してある番号にかけると、最初のコールの途中で声が聞こえてきた。まるで飛びついたかのような早さだった。

『レインなのかっ……！』

初めて聞く声だった。低くて艶《つや》のある、男らしい美声だ。別れた頃はまだ子供で、成長期が遅かったのか変声期も迎えていなかったのに。

懐《なつ》かしいという気持ちにはなれなかった。顔を見ているわけでもなければ、声にも聞き覚えがないのだから。互いの映像を見ながら話すことも検討していたらしいが、盗聴の可能性を考えて取りやめたのだという。

「……エルナン？」

『レイン……レインなんだな……』

「ああ。俺のこと、覚えてるか？　声がわかるか？」

『当たり前だろ。でももっと声を聞かせてくれ。もっとなにか言ってくれ』

声は震えていて、歓喜が滲《にじ》み出ていた。カイルから話を聞いたところで、いまのいままで半信半疑だったに違いない。それでもかなりの剣幕でレインのことを質問し続けたらしく、カイルは閉口していたという。

自然と笑みがこぼれていた。エルナンの様子からすると、レインのことは忘れ去りたい過去ではなかったらしい。そのことが嬉しかった。

『レイン。なぁ、なにかしゃべってくれ』

「なにかって言われても……。ああ、そうだ。これからおまえの身に起きることは、カイルから聞いたと思うけど……納得できてるか？」

『え？　ああ、まぁ、感覚ではできてるよ』

少し不満そうなのは、レインがさっさと本題に入ってしまったせいだろう。だが仕方ないのだ。通話時間はなるべく短いほうがいい。

「感覚では？」

『頭では、そんな馬鹿な、って思ってるのに、笑い飛ばす気になれなかったのも確かなんだよ。これが本能ってやつなのか？』

「たぶん。でもおまえは半信半疑だって聞いたぞ」

『信じきれなかったというか……たぶん信じるのが怖かったんだろうな。信じて期待して、落とされたら、今度こそ立ち直れない』

「エルナン……」

つまりかつてはそれだけレインの死に絶望したということだ。そして今度は再会を強く望んでくれている。少なくとも疎《うと》まれてはいないようだし、忘れられてもいなかった。それだけでもよかったと思えた。

『レイン……十四年前と変わってないって本当か？　いや、あの男もまったく変わってなかったから、そうなんだろうとは思ってはいるが……』

「あの男って、カイルのことか？」

暗示を解いたことで、十四年前に見たカイルの顔も思い出したらしい。レインが変化を始めたときはかなり特殊な状況下にあり、過去に例がないほど危険な橋を渡るはめになった。結果、十二歳だったエルナンの目の前で、レインは瀕死《ひんし》の重傷を負い、カイルが救出しがてらエルナンの記憶に干渉する事態になった。そのときに、顔をあわせているのだ。

『あの男とどういう関係なんだ？』

さっきよりも低くなった声に、レインは溜め息をつく。昔からエルナンは、レインが特定の人物と関わりを持つことに神経を尖《とが》らせていたのだ。これほど特殊な状況になっても、それは変わりないようだ。

「個人的な関係はほとんどない。俺が変化したときの担当者だったんだ。カイルは将来の指導者……らしい」

だからむやみに敵愾心《てきがいしん》を持つな、という意味を言葉に込めた。同世代という点では、おそらくこれから変化するだろうエルナンも候補に含まれる。カイルで決定したといって間違いはないが、もしそれ以上に相応《ふさわ》しい者が出てくれば、あるいはカイル自身が相応しくない振る舞いをすれば、変わる可能性だって大いにあるからだ。バル・ナシュになってしまえば実年齢などそう大きな意味は持たず、百年程度はひとくくりにされる。

実際のところ、カイルとクラウスの実年齢差は、実に二百年ほどあり、指導者はだいたい二百年から三百年で代替わりするものだと聞いている。

「へぇ。まぁ、あの男もそう言ってたな。恋人もいるとか」

『ああ』

溜め息まじりに肯定し、レインは苦笑した。エルナンがカイルに詰め寄る姿が目に見えるようだった。カイルが自主的に話すとは思えないから、間違いなくそうだ。

カイルとその恋人――英里《えいり》のカップルは、同族のあいだでかなり有名だ。そもそも八十人弱の小さなコミュニティーなので内部の人間関係も把握しやすいのだが、それを差し置いても目立つカップルには違いなかった。なにしろ未来の指導者であるカイルと、バル・ナシュのなかで最も小柄で見た目が若い英里だ。東洋人ということもあってか、英里はまるで十代の少年のように見える。たとえレインよりも長く生きていようとも。

こほんと小さな咳払《せきばら》いが聞こえて、レインは我に返った。エルナンのペースに巻き込まれて、本来の目的を忘れてしまっていた。ちらりとクラウスを見て頷くと、話を再開させた。

「個人的なことはあとだ。まずは今後のことを話すから、聞いてくれ」

『わかった』

現時点でわかっていることは、すでにエルナンは難病を患《わずら》っていて、医者から余命宣告を受けたということだ。これはカイルからの報告だった。

「早めに退職して欲しい。それとターミナルケアを海外で受けると説明しておいてくれ。国内じゃない理由はなんでもいい。いろいろと調べて環境が気に入った……というのが妥当かな」

『もっともらしく同僚に言っておくか。らしくないって言われそうだな』

「余命宣告を受けた人間が感傷的になっても不思議じゃないだろう？　それより続きだ。おまえはコルタシアの近くでケアを受けることになる。死ぬのもそこで、死後のことはエージェントを雇《やと》うという形だ。コルタシアのことは聞いたか？」

『バル・ナシュの本拠地だろ？　正直、いままで気にしたこともない国だったな』

「新しい生を受けたら、おまえもコルタシアの国民になる」

ヨーロッパに存在するそこそこ古い小国は、歴史的にも経済的にもまったく目立つことなく、ひっそりと続いている平和な国だ。豊かな自然と美しい町並みが売りで、保養所やホスピスといった施設も数多い。避暑地として別邸をかまえる富裕層も珍しくなく、外国人の出入りも多いし、移民も相当数いる。おかげで世界中から集まるバル・ナシュがこの国の民でも不自然さはない。

百年以上も前から、先人たちは静かにこの国へ入り込み、いまでは政治や行政にも深く根を張っている。年を取らないバル・ナシュたちは、定期的に新しい身分を手に入れ、見た目と書類上の年齢をあわせる必要があるからだ。

『レインもコルタシア人？』

「もちろん」

十四年前に与えられた、コルタシア人としての名前と籍は、そろそろ書き換えなければならない時期にさしかかっている。当時二十二歳だったレインの籍は二つばかり若く作られたものの、そろそろ見た目年齢とのギャップがつらくなってきているはずだ。自分でも、この見た目で三十四は不自然だろうと思っていた。

『レインと同じってのは、悪くないな』

声が弾《はず》んでいるように聞こえるのは、気のせいではないだろう。エルナンは間違いなく上機嫌だ。とてもじゃないが死に向かっている者の様子ではない。

「おまえは二十六っていう若さで余命宣告されたんだぞ。少しは悲嘆に暮れてみせろ」

エルナンの声からは喜びが滲み出ていて、悲壮感などというものは微塵《みじん》もなかった。死を受け入れて乗り越えた者が、明るく気丈に生きようとするケースもあるかもしれないが、エルナンの浮かれようはまったく別のものだ。重みが足りない。

こんな調子で周囲の人間たちを欺《あざむ》けるのだろうかと不安になってきた。

「エルナン……くれぐれも慎重にな」

『わかってる。それで、いつ会えるんだ?』

「それは……」

具体的な時期は聞いていなかったので、レインはちらりとクラウスを見た。

「エルナンがコルタシアに落ち着いてからになる。あとは余計なものがついてきていないか、確認できれば、すぐにでも」

「……ようするに、おまえの立ちまわり次第……だそうだ」

『じゃあすぐだな。一ヵ月以内には会える』

いくらなんでもそれは急すぎやしないかと思ったが、どうやらすでに工作は始めているらしい。退職の手続きこそ取っていないが、周囲には病状のことを話しているというし、残りの人生はなにもせずに気ままに過ごす、とも言ってあるようだ。

「そんなに早くていいのか？　友達や、恋人……は？」

『仕事仲間と、ちょっとした付き合いの相手ならいるが、別れを惜しむほどじゃないな』

「そうか……」

恋人はいない。その言葉に、どこかほっとしている自分に気付き、レインは自嘲《じちょう》した。まるで子離れできない親のようだ。

エルナンに肉親はいないから、準備さえ整えばすぐにでも出国できる。エルナンに限らず、バル・ナシュになる者は身内との縁が薄い傾向にある。濃い人間関係を築いていたり未練があったりすると変化が起きないのではないか、などと推測する者もいるが、レインのように特定の者に強い情や未練を抱いていたケースもあったので一概には言えなかった。

もっともレインの場合は死亡の状況からして特殊だったので、例外的に考えられている。彼以外の全員が病死だったのに対し、レインは重篤《じゅうとく》なケガが直接の死因だったのだ。もちろん当時の身体は病魔に冒されており、バル・ナシュへの変化も始まっていたわけだが。

『会ったらいろいろ聞きたいことがある』

「そうだな。俺も、話したいことがたくさんあるよ」

レインは目を細め、自然と柔らかな声で言った。普段の彼を知る者ならば、誰もが我が耳を疑ったことだろう。現にクラウスは目を瞠《みは》り、まじまじとレインを見つめている。

だがいまはそんな視線さえ気にならなかった。

「まさに有言実行、だね」

クラウスはそう言いながら呆れたように笑っていた。

電話で話した日から、二十五日目。本当に一ヵ月以内にエルナンはコルタシアの隣国にやってきて、借りたコテージでゆったりと過ごしているという。

延命を望まず、残りの生を静かできれいなところで終えたい、という理由は、とりあえず不審がられることなく受け入れてもらえたようだ。

出国までの三週間弱。エルナンはさまざまなものを処分し、整理したという。カモフラージュのために、コルタシアを中心にいくつかの国の施設に問い合わせをした末に、隣国を終焉《しゅうえん》の地に選んだという形も作った。死後の手配もすませ、共同墓地に埋葬される手はずも整えている。もちろん実際墓に入るのは、年格好の似た身元不明の死体だが。

「なかなかおもしろい男のようだな」

「それはカイルの報告ですか？」

「いや、ラーシュだ」

今回のフォロー役としてカイルに協力している男は、見た目こそ極上の部類に入るだろうに、中身は節操《せっそう》のない快楽主義者だ。それでも同族たちのなかでは比較的身がまえずに接していられる、レインにとっては貴重な人間だった。

なぜかバル・ナシュは大柄《おおがら》な人間が多い。平均身長は百八十センチを大きく越えているはずだ。そしてレインは自分より大きな男が苦手だった。ラーシュが比較的大丈夫なのは、すらりとしていて圧迫感がないところと、作りもののように美しい顔が理由だろう。男くささがないからマシなのだ。そしてレインがまったく身がまえずにいられるのは、自分より小さい上にきわめて中性的な英里だけだった。

「もうすぐ接岸だ」

島からの移動はプレジャーボートだ。二十人以上が乗れるタイプで、船内での宿泊も可能だが、実際に泊まる者はまずいない。船を降りると、あとはひたすら陸路だ。飛行機は使わない。空港などはどうしてもカメラなどに映り込んでしまうから、レインはまだ避けたほうがいいという判断だった。

大きめのバンに乗り込み、クラウスとは少し距離を置いて座る。彼もまた大柄なので、あまり近づかれると緊張してしまうのだ。運転手は雇っている者がしていて、こちらの会話に興味を示すこともない。暗示によって、そうなっているからだ。

「明るいうちに着けるはずだから、心配はいらないよ」

「……はい」

そこまで考えが及ばずにいたレインだったが、そう言われてほっとした。夏の日の入りは遅いからよかったが、これが寒い季節なら車を降りる頃には闇に包まれていたことだろう。たとえ近くに人がいようとも意味はなく、レインは息苦しさを覚えながら震えるはめになっていたはずだ。

物心がついたとき、すでにレインは暗闇が怖かった。それは一番古い記憶に関係がある。三歳にも満たない頃に、夜の森を一人でさまよった経験のせいだ。

どうしてそんな場所にいたのかはわからない。だが恐怖に泣き疲れ、歩くこともできなくなって倒れていたところを、狩猟に来ていた人に発見された。森にいたのは一晩だったはずだが、レインにはもっと長かったように感じられた。

おかげでいまでも暗闇は苦手だ。眠るときでもなんでも、明かりを絶やしたことはないほどに。

レインが暗闇を恐れていることは、当時の担当者たちとクラウスだけが知っている。無事に変化を遂げられたら、ここにエルナンが加わることになるのだろう。

「少し聞いてもいいかな」

「答えられることなら」

車中はどうしてもひまだから、常ならば余計なことは聞いてこないクラウスも、少しばかり饒舌《じょうぜつ》になっているようだ。

「君がその名を選んだのは、なぜだ？　エルナンが関係しているのか？」

「……そうですよ」

うっすらと微笑《ほほえ》み、思いをはせるようにして窓の外を眺《なが》める。クラウスの視線を感じたが、見つめ返すことはしなかった。

いまでこそ、同族の誰もがそう呼ぶが、これは本来の名ではない。かつてはエルナンだけが呼ぶ、特別な名だった。

森でさまよう前の名前は知らない。そもそもレインを産んだ人間が、名付けたかどうかもあやしかった。そして教会に引き取られたときに付けられた名は、いかにもな聖人のものだった。かつて持っていたアメリカ国籍でもそうなっているが、レインにとってはとうとう馴染《なじ》まなかった名でしかない。レインにとっては、エルナンが呼ぶこの名が唯一のものだった。意味はそのまま「雨」だ。五歳の子供が付けた単純な呼び名こそが、自分を示すものだと思っている。

「そもそも、俺には名前がなかったんです」

エルナンと出会う十数年前に、レインは自分の名前すら言えない状態で病院へかつぎ込まれたが、身内を名乗る者はとうとう現れなかった。新聞沙汰《ざた》にもなり、広く呼びかけられたにもかかわらず、だ。ようするにレインは捨てられたか、なにかしらの事件に巻き込まれたのだろう。名前を言えなかった理由も、まったく不明だ。このあたりは記憶にないし、親のこともまったく覚えていないから、確認のしようがなかった。

病院である程度回復したあと、レインは教会の持つ施設に引き取られ、三年ほどをそこで過ごした。バル・ナシュになる前の人生で最も穏《おだ》やかな時期だったと思う。

だが六歳になった頃、環境は一変した。当時から異様に目立っていた容姿が、ある男の目に留まったのだ。

男は表の顔こそ慈善事業に熱心な実業家だが、実情は犯罪組織のボスとも言える存在だった。政治家や警察組織にも太いパイプを持ち、莫大《ばくだい》な資産と権力を有する一方で敵も多く、常に複数のボディガードで周囲を固めていた。

レインは将来的な秘書兼護衛《ごえい》役にと望まれ、相応に育てられた。秘書はついでで、武闘派に見えないだろう容姿を望まれたというのが正しい。学校にこそ通わせてもらえなかったが、優秀な家庭教師を何人もつけられ、一般的な教育のほかにマナーなども身に着けさせられた。同時に護身術や武術、武器の扱いまでも覚えさせられた。

不満はなかった。たとえ道具として見られていようとも、男からの愛情など欠片《かけら》もなくても、レインに危害を加えようという者もいなかったからだ。レインを性的な対象として見る男たちは何人もいたが、せいぜい言葉だけで手は出してこなかった。将来ボスの側近になるという位置づけが幸いしていたのだ。教会にいた頃は、出入りが自由だったこともあり、何度か性的虐待《ぎゃくたい》の被害を受けそうになっていたから、そういった意味ではより安全だったと言える。

そしてレインが十五のとき、初めて身内意識を抱く相手ができた。当時五歳だったエルナンが、やはり容姿を見込まれて引き取られてきたのだ。レインと同じように育てるにあたり、当のレインが世話係兼教育係となった。

「名前を聞かれたので、好きに呼べと言ったんですよ。そうしたら、スノーホワイトと呼ぼうとしたんです」

「毒リンゴを食うお姫さまか？　どんな発想なんだ……」

「黒髪に青い目だから、だそうです。俺と会う少し前に、どこかでアニメーションを見たらしいんですよ」

　さすがは子供の発想だ。単純だが突飛《とっぴ》すぎて、思わず固まったのは笑える思い出だった。

　そのまま本当に呼ばれそうになったので、レインは慌てて止め、白も雪も自分にはあわないというようなことを言った。エルナンは納得していない様子だったが、一応素直に聞き入れた。そしてどう呼んだらいいのかと真剣に悩み始め、たどり着いた先が「雨」だったのだ。その日は雨が降っていて、エルナン曰《いわ》く、雨の日はいいことが起きる……のだそうだ。彼にとっては、レインとの出会いも「いいこと」だったようだ。

「雪がだめだから、雨……というのもあったと思います」

「驚くほどいい加減な謂《いわ》れだな……」

「子供の考えですから」

　思わずそう言うと、クラウスはふうと息をついた。

「レイン。おそらく君は感覚的に理解していないだろうが、これから会うのは子供じゃないぞ。立派な大人だ」

「……そうですね」

　すでに電話で話したにもかかわらず、大人のエルナンは知らない人のような気がして仕方ないのだ。彼の成長を見ないようにしてきた弊害《へいがい》かもしれない。

　よく知っているはずなのに、知らない相手となったエルナンに、もうすぐ会える。そう思うと、らしくもない緊張を覚えてしまう。久しぶりに島の外へ出たという緊張感など、どこかへ吹き飛んでしまったほどだ。

目を閉じて、流れ込んでくる景色を遮断《しゃだん》した。乗り物に乗るのすら十数年ぶりだから、いろいろと違和感があって仕方ない。

クラウスとはそれきりほとんど話をしなかった。彼はレインが会話を望んでいないことをよく理解しているのだ。

数時間車に揺られ、到着したのはコルタシアの首都の、中心地からほど近い静かなところにある建物だ。四階建てで、最上階のペントハウスはカイルと英里の本宅となっているが、彼らは現在アメリカ国内に生活拠点を置いているので、今回のように役目があるときか夏期にしか戻ってこないという。

ここの三階が、今回レインが滞在する部屋だ。

すぐそばを川が流れており、その向こうには美しい町並みが広がっている。建築物の高さに制限があるため高層ビルはなく、デザインにも統一感があって、まるで絵はがきでも見ているようだった。

「いらっしゃーい」

クラウスに続いて部屋に入ろうとすると、なかから陽気な声がした。

作りものめいた美しい男――ラーシュだ。ただし黙っていれば、であり、口を開いたりすれば台無しになるが。

「どうだった？　初の外出だろ？　疲れてない？　クラウスはいやらしいことしなかった？　移動中

の車でセクハラとか、いかにもありそうだよね！」

「……するはずないだろ、あんたじゃあるまいし」

一年ぶりに会ったラーシュは相変わらずだった。彼は毎年夏になると島にやってくる一人なのだが、今年はエルナンの件で動いていたため、予定を入れてこなかったのだ。

「やっぱりクラウスは枯れてるね。レインとずっと一緒なのに、口説きもしないなんて。ついムラムラしたりしないの？」

「おまえと一緒にされても困る」

「だから枯れてるって言ってるんだよ。こんなにきれいで色っぽくて、しかもフリーなんだよ？　口説かないのは失礼ってものでしょ」

にこにこ笑ってしきりに褒《ほ》めてはくるが、ラーシュは身体に触れてこようとはしない。初めて会ったときに投げ飛ばしたのを覚えているようだ。

じっと顔を見つめたあと、ラーシュは溜め息まじりに言った。

「相変わらずビスクドールみたいに美しいよね」

「そっちこそ」

「いやいや、僕はちょっと違うでしょ。確かに超美形だけど、ビスクドールじゃないよ。ＣＧのゲームキャラクターみたいだって、エーリには言われるけど」

思わずなるほど、と納得してしまった。レインはゲームをしたことはないが、映像は何度か見たことがある。確かにこんな感じだった。

「ほんと、好みなのに」

「寄るな」

近づいて来ようとするラーシュから半歩下がり、レインはいやそうに顔をしかめた。

「えー、まだ無理？」

「まだもなにも、ずっと無理だ」

「だって僕はまだマシなんでしょ？　いい加減に慣れようよ。人生まだ四百年以上もあるんだよ。ずっとセックスレスで行く気？　もったいないよ。すっごく気持ちいいんだよ、バル・ナシュ同士のセックスって。もうたまんないよ？　せっかくやり続けても平気な身体になったんだし、経験しないのは損だよー？」

「あんたも懲《こ》りないな」

あからさまに誘われても嫌悪感が湧かないのは、ラーシュにギラギラとした欲望の気配がないからだ。本気ではあるのだろうが、からりと乾いた雰囲気だから平気なのだ。

「そろそろ節度を持て。どうせエーリに会っても同じようなことを言うんだろうが」

呆《あき》れたようなクラウスの言葉にも、ラーシュはまったくめげなかった。

「エーリはバル・ナシュのよさを、いやってほど知ってるよ。カイルがやりまくってるんだしさ。だからせいぜい、俺もまぜてってお願いするくらいだし」

その場面ならば何度か目撃したことがあった。毎度毎度、一蹴《いっしゅう》されている場面なのだが。

「どっちも脈なしだと諦《あきら》めろ」

「あるかもしれないよ？　あの二人はマンネリ化して３Ｐやってみようかな、って思うかもしれないし、レインだってその気になるかもしれないし」

「レイン。もう一度殴り飛ばしてみたらどうだ」

「そうですね」

「やめてーっ、あのとき殴ったついでに目つぶしやろうとしたでしょ！　無理無理。いや、たとえケガしても治るけど、痛いのはやだ」

言われて初めて思い出したが、確かに初顔合わせのとき、脅《おど》しの意味も込めてそんなことをしたものだった。その後、ラーシュが同族たちにそれを話し、それでもしつこく言い寄ってきた者を同じような目に遭わせたので、すっかり敬遠されるようになったわけだ。

おかげでいまでは猛獣扱いだ。ラーシュ曰く「レインは雪豹《ゆきひょう》」らしい。見た目はきれいで、ちょっと見た感じは猫のようだから近づいていくと獰猛《どうもう》で痛い目に遭う、という意味だ。

「ほんと、レインって見た目はおしとやかなクールビューティーって感じなのに、凶暴だよね。詐欺《さぎ》かって思うほど強いし」

「育ちが育ちなので」

さらりと告げると、ラーシュは困ったように肩を竦《すく》めた。

いささか自虐的な響きになってしまったのだろうか。クラウスもなにも言わず、居間のソファにゆったりと座ったまま、どこかに電話をかけている。

電話をしながらクラウスはラーシュに手振りで指示を出し、それを受けてラーシュが寝室を教えてくれた。滞在中はここがレインの部屋のようだ。

ラーシュは部屋までレインを案内すると、「あとでね」と語尾を弾ませて戻っていった。先ほどのやりとりなどなかったかのような態度だ。ふざけてばかりの彼だが、やはりこういうところは大人なのだと思い知らされる。正確な年齢は知らないが、カイルよりは上でクラウスよりは下だと聞いた。見た目はとりあえず二十代なかばといったところだ。

シンプルな内装の部屋は、ほどよい広さで清潔に保たれている。島で与えられている部屋は広すぎて持て余し気味だから、この程度がちょうどいい。

ベッドに身を投げ出し、大きく呼吸した。

ここのところ、なにかと昔のことを思い出す。エルナンとの再会が近いせいだろうか。

レインの過去は、少しばかり特殊だった。バル・ナシュになる者は孤独のなかで不治の病にかかるケースがほとんどで、取り巻く環境はさまざまだ。時代によっては死が隣りあわせだったこともあったようだし、危険な職業に就いていた者もいた。だがこの現代で、命に関わるほどのケガ——それも銃によるケガを負うような環境に身を置いていたのは、稀《まれ》と言ってもいいだろう。

だがレインが命を落としたのは、ボスを守ったからでもなければ任務に失敗したからでもない。死亡したとき、レインは育った組織にはすでにいなかったのだから。

転機が訪れたのは十八のときだった。地元の名士を気取った外道《げどう》が、レインを見初《みそ》めて秘書の一人にと望み、本人の意思などまったく無視して勝手に派遣されることになってしまったのだ。秘書だの派遣だのといえば聞こえはいいが、ようはオモチャとして譲渡されたのだ。ただそれだけならばレインは逃げただろう。それだけの能力はあったと自負している。だが保険がかけられた。レインが譲渡される際に、一緒にエルナンも引き渡されたのだ。

足枷《あしかせ》だとボスは笑っていた。彼にとって、レインはさして惜しくもない人材だった。秘書としての有能さや、ボディガードとしての身体能力や実力は高く評価していたが、レインには肝心なものが足りないと言われた。忠誠心、あるいは職務に徹する意識だ。事実、とっさの判断で守ったり反撃したりはできても、考えるより先にボスの盾になることはできなかっただろう。いざというときに当てにならない盾を飼い続けるよりは、高額で譲ってついでに恩を与え、弱みと繋《つな》がりを得たほうがメリットがあると判断したらしい。

それからの数年間は、思い出したくもなかった。新しい飼い主は飽きるまでレインを蹂躙《じゅうりん》すると、その後は彼の客人たちが求めるまま、餌《えさ》を放り込むようにしてレインを与え続けた。何人の男に犯されたのか覚えてもいないが、相手が誰だろうと何人だろうとそれはどうでもよかった。

いやだったのは、どうしようもない快楽に溺《おぼ》れるしかなかった自分自身だ。薬を使われ、強引に理性を奪われて、おぞましいほど淫《みだ》らによがり続けた。

逃げなかったのも、死ななかったのも、エルナンがいたからだ。彼のため、だなんて言うつもりはない。レインが勝手に彼を拠《よ》りどころにしていただけだった。

ニルナンだけは汚してはいけない。自分のようにしてはならない。まして自分の醜《みにく》さを見せてはいけないと思った。

いつか隙を見つけて、エルナンを外へ逃がす。その目的に縋《すが》って、恥辱《ちじょく》に耐えた。

だがレインの身体は薬でボロボロになり、加えて病魔にも冒されてしまった。思えばその頃から、バル・ナシュへの変化は始まっていて、不可思議な精神状態ではあったのだが、置かれた状況のせいか、あまりそれを意識することはなかった。

やがて長くはないと悟ったレインは一か八かでエルナンを連れて逃げた。かつてほど自由にならない身体を叱咤《しった》し、警察へ駆け込もうとしたのだ。

撃たれたのはその際だった。飼い主は実業家であり、篤志家《とくしか》であり、地元の有力政治家の一番の支援者であったから、レインのような存在を表沙汰にするわけにはいかなかった。

動けなくなったレインを、小さな身体で必死に庇《かば》ったエルナンを覚えている。意識が朦朧《もうろう》とするなか、複数の人間が追っ手を退けてくれたことも。

子供は無事だ、心配はいらない。そんな言葉を聞き、安心して意識を手放した。

次に目覚めたとき、レインはもう以前の自分ではなくなっていた。意識を失った直後にレインの心臓は一度止まったらしいが、すぐにまた鼓動を刻み始めたという。そして歴代最長の四ヵ月という眠りのときをへて、現在の自分になったわけだ。

目を覚ましてすぐにいろいろと説明してもらい、エルナンが確かなところへ預けられたこと、レインに関わった者たちが法的に裁かれたことなどを聞いた。

（あのときのことを、思い出したのか……）

長くカイルによって封印されていた記憶――それはレインが目の前で死に、どこの誰とも知らない男たちに連れて行かれたことだ。暗示によって操作された記憶では、レインは撃たれたあとで捕らえられ、どこかへ連れて行かれたことになっていたはずだ。そして追っ手にも暗示がかけられ、運んでいた途中で死んでしまったので、仲間がどこかへ処理をしに行ったが、その仲間も消息を絶ったということになった。

だからレインは島から出ずに過ごしてきたのだ。裁かれたとはいえ、当時の関係者のほとんどがまだ生きている。レインの客もすべて把握しているとは言いがたいので、他人のそら似で通せる月日がたつまでは慎重にならざるをえなかった。

ふうと小さな息をつき、あの頃のことを拒否反応なしに思い出せたことに満足した。

過去に囚われているわけではない。だが忘れたわけでもなかった。普段は思い出すこともないが、下心が込められた視線を向けられたり言葉ではっきりと身体の関係を求められたりすると、自然と思い出してしまうこともあった。ラーシュに対して比較的友好的でいられるのは、やはり誘い方にじめじめしたところがないからだろう。だからレインも普段通りに振る舞える。

バル・ナシュになってよかったのは、身体が別の細胞に変わってすべてがリセットされたことだ。薬物に汚染され、落ちるところまで落ちたあの身体ではなくなったのだから、もう誰にも触れさせる気はなかった。快楽など、もう二度と欲しくはない。

目を閉じてつらつらと考えごとをしていたら、控えめなノックの音が聞こえた。これはクラウスでもラーシュでもなさそうだった。

「レイン？　起きてる？」

男にしては少し高めの声がし、開いたドアの隙間から甘さの目立つ顔立ちが覗《のぞ》いた。同族のなかではレインの次に若く、そして最も小柄な英里だ。相変わらず十代にしか見えないが、本人によると日本人としては特別童顔ではないらしい。

「ああ、起きてる」

「心の準備ができてるなら、行こう。エルナンが着いたよ」

「……わかった」

三人もの人間が来ていたのに、まったく気配に気付くことができなかった。かつて他人の気配にピリピリしていた頃からは考えられない鈍さだ。あるいはそれだけ思考の海にどっぷりと浸《つ》かっていた、ということかもしれない。

「エルナンね、君のことばかり聞きたがるんだよ」

「そうか……」

「君のこと本当に大好きなんだね」

微笑む英里は、相変わらずとても不可思議な生きものに見える。顔立ちは少年のようなのに、滲み出るのは落ち着いた大人の雰囲気だし、清廉《せいれん》にしてどこか妖艶《ようえん》だ。レインがバル・ナシュになったばかりの頃、そんな英里に戸惑《とまど》っていたら、ラーシュがおもしろがって「彼は妖精の一種なんだ」などと吹き込み、うっかり信じてしまったことがあった。バル・ナシュという生きものがあるんだから、妖精がいたっておかしくはないだろうと思ってしまったのだ。

そんな妖精もどきに連れられて、リビングルームへ戻った。

英里がドアを開くと、ガタンと音を立てて一人の男が立ち上がった。

縛れるほど長くした癖のあるダークブロンドに、鳶色《とびいろ》の瞳。長身で均整の取れた、ステージモデルのような美男だ。

レインは驚きに目を瞠り、声もなく立ち尽くした。

彼が知っているのは、金髪の小さな少年だった。まだ声変わりもしていない、天使のような美少年だった。

なのに目の前にいるのは、男の色気を垂れ流す大人の男だ。髪の色は確実に子供時代より濃くなり、身長もあり得ないほど伸びた。面差しもずいぶんと変わっている。

同じなのは目の色と、左目の下の泣きぼくろだ。あれがなかったら別人を疑ったかもしれない。

「レイン……！」

カイルを押しのけるようにしてエルナンが近づいてくる。視線はまっすぐに、ただレインにだけ向けられていた。

名を呼ぶ間もなく、力強く抱きしめられた。

かつてはレインが腕に包んでいたというのに、いまや立場は逆だ。すっぽりと腕のなかに収まってしまった。

自分よりはるかに大柄な男に、身じろぎもできないほど強く抱きしめられたら、恐怖と嫌悪でパニックになっているはずだった。あるいは抱きしめられる前に、相手を倒しているか――。

だがどちらの状態にもならず、レインはされるまま、男の腕のなかにいた。

知らない姿の男、声も匂いも、覚えがない。けれどもレインの心が、彼を知っていた。

「レイン、レイン……」

「エル……ナン」

掠《かす》れた声で名を呼ぶと、いきなり唇を塞がれた。すぐに舌を入れられ、貪《むさぼ》るように口腔《こうこう》が蹂躙されていく。

ムードもなにもあったものではないが、そもそも求めていないからどうでもいい。キス自体、望んでいなかった。

「ん、ぅ……」

しゃべろうとしても、もがこうとしても、すべての抵抗が封じられた。反撃はできるはずなのに、なぜかぬるい抵抗しかできずにいる。

情熱的なキスがひどく気持ちいい。乱暴なのに不思議と優しくて、なによりも甘い。思考がとろりと溶け出すのはあっという間だった。

室内の空気は微妙なものになっていた。キスしている二人と、ほかの四人の温度差が激しいのだ。

英里は逃げるようにしてカイルのもとへ身を寄せていて、困惑した様子で再会した二人をちらりと見ては、カイルになにかを訴えるような目をしていた。

そのカイルを始め、クラウスもラーシュも、とりあえずは静観だ。驚愕《きょうがく》と感心を込めた、生温かなまなざしだ。なにしろ二人がどういった関係なのか、本当のところを誰も知らないからだ。野暮《やぼ》なことはしたくないというわけだった。

いつまでたってもレインが解放されることはなく、見守る四人が顔を見あわせ始めた頃、エルナンの手が服の裾《すそ》から入ってきた。

「んんっ……!?」

いつの間にか閉じていた目を見開き、慌ててエルナンを押し返そうとした。だがたくましい身体はびくともしない。それどころか壁に押しつけられ、ずるずると床まで腰を落とされて、身体をまさぐる手も無遠慮になってくる。

「そこまでにしてもらおう」

「公衆の面前で押し倒すなんて僕でもやらないよ」

「落ち着け」

三人がかりで止めにかかると、エルナンははっと我に返り、気まずそうな顔をした。だが後悔というほどではなく、キスと愛撫《あいぶ》は止まったものの、一向にレインを離そうとはしなかった。

目を潤《うる》ませたレインを、食い入るように見つめるばかりだ。

「可愛い……」

「わかった、わかったから、おとなしく戻れ。いくらでも時間はあるんだぞ」

一番力が強いカイルに引きはがされ、ようやくエルナンはレインを離した。未練たっぷりに、大きな手で頬を撫で、目元をぬぐっていくのは忘れなかったが。

「すまなかった。大丈夫だったか？　俺が怖くないか？」

「大、丈夫……」

そう、不思議と恐怖感はなかった。いきなりキスされて、身体をまさぐられたにもかかわらず。

自らの状態に戸惑いつつ返事をすると、エルナンはあからさまに安堵《あんど》の表情を浮かべた。

「一番しちゃいけないことだったのにな……自分が抑《おさ》えられなかった」

「エルナン、とりあえず戻れ」

促《うなが》されるままソファに戻っていく気配を感じつつ、レインはなにも言えずにいた。

英里の手が、そっと背中に添えられる。そういえば彼以外の三人は徹底してレインには直接触れないように留意していた。

レインは濡れた唇を手の甲でぬぐい、そっと息を吐き出した。思いのほかそれは熱を帯びていて、さんざんキスされたせいか、身体の芯のほうが少し熱い。身体を少し触られたせいもあるかもしれない。新しくなったはずの身体は、その特性までは変わっていないのか、以前と同じようにあちこちに感じる部分があるようだ。

「レインはこっち」

リビングのソファは大きなコの字型をしているので、六人が座ろうとかなりの余裕がある。エルナンは大いに不満そうだが、とりあえず彼とレインは近くに座らせず、あいだにテーブルを挟《はさ》んだ上で斜《はす》向かいの位置に置くことにした。

エルナンの視線は片時も離れていかない。レインの一挙手一投足を見つめ続けている。まるで視線を外したら消えてしまうかもしれない、とでも思っているようだ。

「まったく……」

「さすがに予想外だったな。あそこまでするとは……」

最も話す機会が多かっただろうカイルは、ある程度のところまでは予測していたらしい。だが想像をはるかに越えてしまったようだ。

ふうと息をつき、クラウスは冷静に話を振った。

「少しは気がすんだか？」

「気がすんだかと言われたら全然だが、さっきよりは冷静だ」

「すんでないのか……」

「俺の十四年が、あんなもので収まるか」

「やっぱりエルナンの気持ちって、そっちなんだね。親愛の情とかじゃなくて、男としてなんだ。レインに欲情しちゃうわけだよね？」

「むしろレインにしか欲情しない」

さも当然のように言い放っているが、レインには驚愕と困惑しかない。おかげで再会の喜びだとか戸惑いだとかはきれいに吹き飛んでしまった。

天使のようだった小さなエルナンが、男の顔で自分を見ている。見ているどころかさっきはキスされて、押し倒されもした。再会の挨拶《あいさつ》にしては、少しばかり過激だった。

だが拒否反応はまったくなかった。自分より大きな男に抱きしめられ、無理矢理キスされたというのに、怖いともいやだとも思わなかったのだ。

相手がエルナン――子供の頃から知っている相手だから、なのか。唯一大切に思ってきた相手だから、甘くなってしまうのだろうか。

じっと見つめ返すと、にこりと表情を和《やわ》らげてくれた。

（ああ……こういう顔は、少し面影がある……）

すっかり面変わりしてしまったとはいえ、名残は多少あったらしい。そのことにほっとした。

「予定を変更したほうがいいな」

「え……？」

「君を世話係にすると言ったが、撤回させてもらう。さっきの行動を見る限り、レインをつけるのは危なそうだからな」

「そんなのありかよ」

「君の行いがそうさせたんだ。レインは確かに強いが、力そのもので君に敵《かな》うことはなさそうだし、そもそも君に対して甘いようだ。さっきのようなことがあっても、なかなか本気の抵抗はできないんじゃないか？」

　否定することができず、レインは視線を落とした。

「確かにあれはまずかったな。自分で自分をコントロールできなかった」

「完璧《かんぺき》にできるようになりなさい。その上でレインを口説くなら、わたしはなにも言わない。あとはレイン次第だ」

「肝《きも》に銘《めい》じておくぜ」

　エルナンの口調はずいぶんと砕けている、というのがレインの印象だった。子供の頃は、こんなふうではなかったのに。

　そう思いかけ、あれは環境のせいかと思い至った。容姿を見込まれて引き取られた彼は、レインと同じ道を歩まされる予定だった。それなりの言葉遣いと立ち居振る舞いを仕込まれていたのだ。この十数年のあいだに、すっかり変わってしまったが。

基本的にバル・ナシュの立場は同等だ。年齢は関係ないとされているから、誰に対しても特別あらたまる必要もないのだが、それにしてもエルナンの態度は堂々としすぎていた。

「無事に変化できたら、島に行けるんだったな？」

「そうだ」

「で、島にはレインがいる……と」

確認するような口調に、レインは小さく頷く。するとエルナンは目を細めて笑った。

さっきの暴走が嘘のような落ち着きと余裕を感じさせる表情と態度だ。実年齢よりもずっと上に見えるほどだった。

きっとこれが彼の普段の姿なのだろう。箍《たが》が外れると、あるいは変なスイッチが入ると、大暴走に至るようだ。

それから少し事務的な話をし、カイルと英里は階上にある自宅へと戻っていった。レインとエルナンの座る位置はそのままに、クラウスはラーシュと別室——書斎のようなものがあるらしい——へと行った。なにかあれば呼べと言い、ドアも少し開いているようだ。気を遣って二人きりにしたものの、先ほどのことを考えてまったくの放置というわけにはいかなかったようだ。

「レイン……そっちに行ってもいいか？」

「……ああ」

さすがにもう大丈夫だろうと、レインは頷いた。すると嬉嬉《きき》としてエルナンはレインの隣にやってきて、すかさず手を取った。

　まじまじと握られた手を見てしまう。本当に大きな手だ。別れたあの日、しっかりと握った手はとても小さかったのに、いまではレインの手など覆い尽くすほどになっている。指が長くて節くれ立っていて、とても男らしいきれいな手だ。

「同じだ」

「え？」

　顔を上げると、熱を帯びた目がレインを見つめていた。

「本当に変わってない」

「そうだな……健康だったときの姿が、キープされてるみたいだ」

　死ぬ間際は見る影もなかったはずだ。やせ細って、肌の色も悪くて――。当時、鏡はまったく見なかったが、それでも肉のそげた自分の手は毎日いやというほど目に入った。枯れていく自分を実感していた。

「いつだってレインはきれいだったよ。いまも、誰よりもきれいで、可愛い」

　頬に手を添えられ、俯《うつむ》いていた顔が上向いた。唇が軽く触れたのは頬だ。ただそれだけでエルナンはすぐ離れていった。

「さすがに誰よりっていうのは……ラーシュはあの通りだし、可愛いというならエーリだろう？」

「まぁ、ラーシュも見事な造作だな。でもレインには敵わない。エーリも確かに可愛いが……俺にはレインのほうが可愛く見える」

「ひいき目もいいところだ」

「そうだとしても、俺にはそれが真実なんだ。あんたは俺のすべてだ。俺は、あんたのためにだけ生きてきた」

重い告白は、せつないほどレインの胸を締め付ける。死んでからも彼を縛っていたのだと知らされて、どうしていいのかわからなくなった。

「俺の援助をしてくれてたのは、レインだったんだな。考えてもみなかった……」

長い腕に抱き込まれ、肩に顔を埋めることになる。触れられても抱きしめられても、やはり拒否反応は起こらなかった。

「気にすることはない。あれは俺の自己満足のためにしたことだ。おまえの成長が、唯一の楽しみだったんだよ」

特定の人間からという形ではなく、支援団体を作った上でエルナンを援助したのだ。そのほうがあやしまれずにすむとの判断だった。

「写真や映像は見ないようにしてきたけどね」

「なんで見なかったんだ？」

「なんでだろうな……自分でも、わからない」

理由を考えたことはなかったが、もしかすると大人になっていくエルナンを見ることで、世界が違ってしまったことを感じるのが怖かったのかもしれない。普通の人である彼と、別のものになってしまった自分は、時間の流れも変わってしまったから――。

それでも報告は続けさせた。姿を見なければ、まだ自分をごまかしていられたからだ。

「俺がどんなふうになったか、想像したこともなかった？」

「天使みたいにきれいな男になってると思ってたよ。こんなにたくましい色男になってるとは思わなかった」

「がっかりした？」

「いや」

どんな姿形になろうと、かまわなかった。レインとしては、とにかくエルナンにはきちんとした施設で高い教育を受けて、真っ当な仕事に就いて欲しいとだけ思ってきたのだ。光の当たる世界で堂々と生きて、そして幸せになって欲しい。ずっとそう願っていたし、エルナンは見事にそれを叶えてくれた。なにしろ連邦捜査官になったのだ。思わぬ病魔とその後の変化で別の道を歩むことにはなったが、レインの望みを見事に果たしてくれたと言える。

「自慢したいよ。どこに出しても恥ずかしくないな。まるで俺の気持ちが届いたみたいに、真っ当な道に進んでくれたし」

「あー……まぁ、裏の世界はまずいだろうなとは思ったからな。あんたは絶対望まないだろうって。捜査官になったのは、まったくの私情だったけどな」

「私情？」

「あんたの遺体を見つけたかった。あんたを失って……俺は生きる意味を失ったと思ったよ。でも遺体が見つからなくて……だから、取り戻すまではと思い直した。そのために立場か金が必要だろうと考えて、そっちの道に進んだんだ」

「エルナン……」

「まさかこんなふうに生きてててくれるなんてな」

幸せそうに呟《つぶや》くエルナンは、一度レインの顔をまじまじと見つめた。

指先がなぞるようにして顔のラインをたどり、唇に触れてから頬に戻った。そのあいだも彼の目はレインの目を覗き込んだままだった。

「もう一度生身のあんたに触れられるなんて思わなかった。こんなふうに抱きしめられるなんて……子供だったときは、抱きつくことはできても、これは無理だったからな」

「そうだな」

いつもいっぱいに広げた腕で、レインを抱きしめようとしていた。だが体格差が大きくて、エルナンが言うように抱きつく形にしかならなかったのだ。エルナンは成長期が遅かったのか、別れた頃は同じ年頃の少年と比べて小さかった。とても現在の、平均をはるかに越えた体格が想像もできないほどだ。

同じように思い出し笑いでもするかと思ったが、エルナンは至極《しごく》真面目な顔だった。むしろ悲壮感すら漂わせていた。

「俺はあの頃からあんたが好きだった。初恋だ。ずっと、あんたのことが忘れられなくて……今日まで来ちまったよ」

「馬鹿だな」

忘れて、新しい恋をすればよかったのに、と思う。もし変化の兆候が現れなかったら、一生死んだ人間の面影を追い続けたのだろうか。

本当に罪作りなことをしてしまった。裏の世界から解放され、真っ当な道を歩みさえすればいいと思っていた自分を罵《ののし》りたかった。

「あの頃の俺は非力な子供でしかなくて、あんたに守ってもらうばかりで、できることと言ったら、あんたのそばにいることだけだった……」

「それで充分だったよ。俺はおまえがいてくれたから、生きてたんだ」

一人だったら、もっと早くに死んでいただろう。何度も死にたいと思ったのだから、その覚悟で逃げ出して、十中八九つかまるか殺されるかしていたはずだ。

「レイン……」

「でも、おまえをずっと縛り付けてたのも俺だったんだな」

「違う。俺があんたを勝手に追いかけてただけだ」

そうしてしまったのは、レインだ。仕方がないこととはいえ、暗示によってエルナンは真実を封印されていた。目の前でレインが撃たれて死んだという事実を、しかもそれが自分を逃がすためだったということを、ずっと抱え込んできたのだ。

「俺のことなんか忘れて、幸せになって欲しかったのに……」

「あんたがいないのに幸せになんかなれるわけない」

臆面《おくめん》もなく言い放つ男に、レインは泣きたい気持ちになった。

泣いたことなんて、森でさまよった夜以来、記憶している限りではなかったはずだ。初めて犯されたときも、複数の男に代わる代わるオモチャにされたときも、涙なんて一滴も出なかった。死期を悟ったときも、もう死ぬんだと意識を薄れさせたときも——。

なのにたかが言葉一つで、目の奥を熱くさせている自分がいた。

ふっと笑い、エルナンは指の腹でレインの目元を撫でた。

「俺はさ、いままであんたを見つけるために生きてきたんだ。でもこれからは、あんたを守るために生きるよ」

「守られるほど弱くはない」

「知ってる。あんたふうに言うと自己満足ってやつだ。幸せになって欲しいって言うなら、ずっとあんたのそばにいさせてくれ。まあ、一度死ぬけどな」

器用に眉を上げて笑うエルナンは、自分がバル・ナシュへと変化することを微塵も疑っていなかった。当然だ。不安にさせないよう、まだ人間のうちは変化に失敗する可能性もあることを故意に伏せているのだ。過去に例がないわけではない。因子を持つ人間は、ほとんどがその兆候も見せずに普通に死んでいくが、なかには兆候を見せつつも変化しなかった者もいるのだ。確率はきわめて低いという話だが。

こうして再会し、エルナンの身体にも心にも触れてしまうと、わずかな可能性が恐ろしいものに思えてきた。万が一、いまの身体での生を終えたあと、変化もせずに朽《く》ちてしまったら――。

ぶるりと身を震わせたレインを、エルナンは心配そうな顔で覗き込んだ。

「大丈夫か？」

「……少し寒いかな。島の気候は、ここよりも暑いから」

ごまかしながら少しだけすり寄ると、エルナンは少し身を固くする。そしてなにかに耐えるように、小さく息を吐き出した。

「ヤバいな……」

「なにが？」

「また理性が負けちまいそうなんだが……。そんなふうに可愛くすり寄られてると、拷問だとしか思えない」

「ずいぶん堪《こら》え性《しょう》がないんだな」

出会い頭のできごとといい、理性よりも本能――主に欲のほうが強いのではないだろうか。

考えていることがわかったのか、慌てて言い訳じみたことを言い出した。

「あんなことは初めてだぞ」

「当たり前だろ。初めてじゃなかったら、おまえはいまごろ犯罪者だ」

冷たく言い放ち、深い溜め息をつく。するとエルナンはそれ以上に大きな溜め息をついた。いまにも頭を抱えだしそうな雰囲気だった。

「……反省してる」

「言い訳くらいは聞くけど?」

「あー……言い訳は、これといってないな。あんたの顔を見たら、頭が真っ白になって……気がついたらああなってた」

「あぶない人みたいじゃないか」

「さすがにもうあんなことはしないから、俺を信じてくれ。あ、もちろん口説くつもりだから、覚悟しといてくれ」

晴れて同族になったら遠慮はしないとエルナンは笑う。

なにも言えなかった。おそらくレインは彼の気持ちには応《こた》えられない。愛しいという思いはあるが、彼が望む関係にはなれそうもない。ここではっきりそれを告げないのは、ネガティブな言葉を与えるわけにいかないからだった。

バル・ナシュへの変化には不明な点が多いが、精神状態や意思が関係していることはほぼ確実とされていた。現在の生への未練だけでなく、次の生への失望も失敗に繋がりかねないのだ。

レインはぎこちなく微笑み、そっとエルナンの腕から出た。この場では仕方ないと諦めているのか、すんなりと離してもらえた。

すべては無事に変化を遂げてからだ。

自分にそう言い聞かせ、レインはエルナンに期待も失望もさせないよう、言葉と態度を慎重に選んで話をした。

コルタシアでの再会から約八ヵ月。エルナンはこちらで指定した――だが表向きは彼が自分で探し出し、選んだことになっている隣国のターミナルケアの施設で、静かに息を引き取った。と同時に、変化への眠りに就いた。

息のかかった施設だから、眠りに就いたエルナンを外へ運び出すことは簡単だった。遺体なしの葬儀を終え、エルナン自身は別の場所で目覚めのときを待ち、そのあいだにあらかじめ契約が交わされていた代理人がさまざまな手続きを取った。代理人は少し記憶をいじっただけの普通の人間だ。コルタシアやその隣国はターミナルケアに力を入れていて、国外からの患者の受け入れにも積極的なので、その手続きや死後の手続きを請け負うエージェントもいるのだった。

「もうね、いろいろとびっくりだったよ」

エルナンの死亡が確認されてから、たった二十四日後。つい四日前のことだった。コルタシアの静かな邸宅で無事に目を覚ました彼は、開口一番「何日たった？　いつレインに会える？」と、知らせを聞いて駆けつけたカイルに言ったそうだ。

「二十四日は最短記録だね。そういえば最長記録は君だったな」

「そうそう。あんまり起きないんで、スリーピングビューティーとか言われてたよね。ま、それはともかく、三日で新しい身体に馴染むとか、エルナンってどうなってるの？　気合いでなんとかなるわけ？」

「可能性は否定できないな。精神的なものが変化に少なからず関わっているとするなら、本人の強い意思が変化の時間にも影響を及ぼすこともあるかもしれない」

　真面目くさった顔のクラウスを横目に見ながら、レインの視線は自然と窓の外――海へと向かう。もうじきボートが見えてくる頃だった。

「あとさ、こう言っちゃなんだけど、レインに対する執着ってちょっと偏執的《へんしつてき》だと思うよ。引くレベルで」

「ラーシュに引かれるとはな……」

　心底感心したという口調のクラウスに、ラーシュはムッとして眉をひそめた。

「ちょっと、その言い方は失礼じゃない？」

「おまえ以外の全員の認識だと思うぞ」

「ひどい。僕は少しばかり人より恋愛やセックスに対してリベラルなだけだよ。っていうか、バル・ナシュってわりと弾けたやつが多いでしょ。僕に限ったことじゃないよ。当たり前のように乱交とかしてるし」

　ラーシュの言い分も間違いではなかった。年代を問わず、同族たちは性に対して奔放《ほんぽう》だ。特定の相手がいる者は一対一の関係を結んでいることが多いが、全員というわけでもないようだ。具体的に誰がどうなのかレインは把握していないが。

　クラウスは曖昧《あいまい》に流し、レインの視線を追って言った。

「船着き場に行ってもいいぞ」

「いえ、ここで」

　あまり人目につきたくないというのが正直な気持ちだ。バカンスの時期でもないのに、島には結構な同族たちが集まってきている。みな新しい仲間を見たくて仕方ないらしい。近いうちにお披露目《ひろめ》のパーティーがあるので、早めに来ている者が多いようだ。

「ま、そのほうがいいかもね。相変わらずレイン狙《ねら》いの懲りてないやつらが多いらしいから」

「おまえが言うのか」

「僕はちゃんと理解してるよ、いろいろとね。そりゃ初対面のときは、知らなかったからハイテンションのまま突進しちゃったけどさ。だって、見た目からしてにゃんこ系の子だと思ったんだよ」

「レインの経歴は知っていたはずだろう」

「知ってたけど、まさか反撃食らうとは思わないじゃない！　おまけに、にこりともしてくれなかったしさぁ」

　いい年をした男が口を尖らせているさまは、かなり薄ら寒いものがあるはずだが、現実味の乏しい容姿のせいか、あまりそういう印象は受けなかった。

　得な顔だと思う。性格があっさりとしていて、裏表がないのも理由だろうが。

「だからね、レイン！」

「は？」

「僕たちとしては、レインがエルナン相手に微笑んだりするだけでも驚愕だったんだよ。いままでは、ふっと笑ったりすることはあっても、あんなふうに柔らかい表情ってなかったでしょ」

「……自覚がないので、なんとも言えない」

あまり笑わないという自覚はあるが、エルナンの前で笑った記憶はなかった。いや、くすりと笑うくらいはあったかもしれないが。

「無自覚って、余計にあれだよね。あーやっぱりレインはエルナンに取られちゃうのか。難攻不落のアイスドールもエルナンには溶かされちゃうのか。それで、どろっどろにされて、アンアン言わされちゃうんだ。悔しいっ」

「勝手に決めるな。それと、人を変な名前で呼ぶのはやめてくれ。気持ちの悪いことをベラベラ言うのもよせ」

「レインはニックネームが多いよね。あとはスノークイーンっていうのもあったよ。僕が付けた雪豹は、あんまり定着しなかったのに……」

妙なことで悔しそうにしているラーシュを放っておいて、レインはふたたび窓の外を見た。かろうじて視界に入る距離に、一台のプレジャーボートが見える。時間からして、間違いなくエルナンを乗せた船だ。一緒にカイルと英里もいるはずだった。

「ああ、来たな。では行ってくる」

クラウスは出迎えのために船着き場に向かった。そろそろ現指導者は引退し、代替わりするというのも本当かもしれない。そんな話が出るほど、現代表の話は聞かないのだ。

「わらわらと船着き場に行くね」

「ひま人ばかりだ」

「しょうがないんだよ。時間を持て余してるんだから。みんな刺激が欲しいのさ。レインみたいに世捨て人ばかりじゃないからね」

ラーシュは椅子にゆったりと座ると、長い脚を優雅に組んだ。

「世捨て人……」

「島に閉じこもってることを言ってるんじゃないよ。意識の問題。淡々と毎日過ごしてたら、五百年の人生はきついよ？　なんのために新しい人生を手に入れたの」

珍しく真面目なトーンに、レインの態度も普段とは違うものになった。これまでラーシュの言葉というのは、右から左へと流し、適当に毒を吐いていればよかったのだが、いまはそんな雰囲気ではなかった。心なしか口調までいつもとは違う気がした。

だからレインも真面目に返した。

「目的があってこうなったわけじゃない。たまたま自分に因子があっただけだろ」

「それは全員そうだよ。じゃなくて、人生を謳歌《おうか》しろって言ってるの」

「………」

ずいぶんと難しいことを言ってる、と思った。レインのなかに、人生を楽しむなどという考えはなかった。かつてはそんな余裕がなかったからだ。ではいまはどうなのかというと、見つけ方がわからなくてラーシュの言うところの世捨て人になっている。

楽しみ方など知らない。食べなくても生きていけるというなら、別に食べなくてもいいと思う質《たち》だし、なにかを見たいとか知りたいとかいう欲求もない。自分を飾ることも、人と関わることも興味がなかった。そもそも新しいこの生に意味を見いだそうと思ったことすらない。

漫然《まんぜん》と生きてはいるが、バル・ナシュになってよかったとは思っている。エルナンに充分な教育を受けさせることができたのだし、かつての汚い身体が細胞というレベルで新しいものに変わることができたのだから。

いまのこの身体はまっさらだ。あの頃とは違う。

無意識に黙り込んでしまったレインを、ラーシュはじっと見つめていたが、やがてくすりと笑みをこぼした。

「ま、これからはエルナンがいるから、刺激ばっかりだろうけどねぇ」

「それは……」

「この何ヶ月かでわかったんだけどさ、エルナンってレインのこと崇拝《すうはい》してるよね。レインより美しい人は存在しない、って感じだし、たぶん実際にそう思ってるだろうし。行動っていうか人生がすべてレイン中心」

複雑な心境でレインはラーシュの見解を聞いていた。それはレイン自身も肌で感じていたことだった。あれから何度も電話で話したが、ときおり心配になるほどに、エルナンはレインのことしか考えていない。そして口を開けば、レインへ賛辞《さんじ》を送ってくるのだ。

きれいだとエルナンは言う。だがそれは大きな間違いだ。むしろ自分は、きれいなエルナンに触れてはいけないほど汚らしいのに。

レインは溜め息をついた。この先どう彼と関わっていくのか、具体的なことはなにも考えていなかった。いや、何度も考えたが結論が出なかったのだ。エルナンには、彼が望む関係を築けないことを告げた上で、彼の考えを聞く……というところまでしか考えられなかった。

ふいに空気が変わるのを感じた。人の気配が近づいてくるのがわかる。気配がはっきりとした声や音になると、ラーシュの意識もドアのほうへと向けられた。

「来たねぇ」

呟きの直後に、ドアがノックされた。先導したのはカイルだったらしく、開いたドアから一番最初に見えたのは彼だった。その隣には英里がいた。

レインはあえてエルナンとは視線をあわせないようにし、椅子にかけたままでいた。エルナン、クラウスが続いて入ってきても、それは変えなかった。

注がれる強い視線を、まるで無視するように表情を変えずにいた。彼を受け入れないと決めた以上、甘い顔はするべきじゃないだろう。

「おい、こら待て！」

カイルの焦《あせ》った声に顔を上げると、エルナンが英里を押しのけるようにして前に出て、まっすぐレインに近づいてくるところだった。押しのけられた華奢な身体をしっかりと抱き留めるほうがカイルにとって優先順位が高かったらしく、エルナンを止めるには至らなかった。

すぐ後ろをクラウスが追ってきていたが、その肩に手をかけたときには、すでにエルナンはレインの前で膝をついていた。

「レイン」

いきなり手を取られ、両手で挟むようにして握られる。視線はかなり熱っぽく、まっすぐに向けられていた。

とっさに離そうとしたが、とても力では敵わなかった。いきなり抱きしめてキスをして押し倒したことに比べたらマシだだが、視線に込められた熱と欲は同じだった。

ためらいもなくエルナンはレインに触れる。そのたびにレインは罪悪感にも似たいたたまれなさを覚えるのだが、触るなとは言えなくて、結局はされるがままだった。

「レイン、結婚しよう」

「……は……？」

唖然《あぜん》として見つめ返してしまう。ろくな反応ができないでいるうちに、エルナンは畳みかけるように続けた。

「いろいろ聞いたんだ。バル・ナシュではパートナー申請ってのができて、それは事実上の結婚なんだろう？　レインには恋人もパートナーもいないし、そもそも身持ちが堅いことで有名で、誰も寄せ付けてない、って」

「……そうだ。俺は誰とも付き合う気はないし、パートナーも必要としていない。エルナン、それはおまえだって例外じゃない」

「すぐにとは言わない。俺はずっと昔からレインに恋愛感情を抱いてたし、抱きたいとも思ってたけど、レインはまだ俺をそういうふうに見られないだろう？　だから、まずは俺を一人の男として見てくれ」

「だから俺は……」

言いかけた言葉は、ぎゅっときつく握られた手のせいで呑み込むことになってしまう。痛かったわけではなく、エルナンの目があまりにももの言いたげだったからだ。

「断られても否定されても、俺の言葉は同じだ。死んだと思ってたあんたを、ずっと思い続けてたんだ。生きてるとわかって、諦めると思うか？」

「エルナン……」

思わず目を逸らし、小さく溜め息をついた。人前でこんな話を続ける気もなく、せめて手だけでも離してもらおうかと思ったが、どうやらそれも叶わないようだ。そしてエルナンの行動が逸脱《いつだつ》したものではないので、誰も止めようとはしない。

「俺たちはもう行くぞ」

「ああ、ご苦労だったね」

「ようやく元の生活に戻れるな。ああ、その前に、パーティーか。集まり具合はどうだ？」

「九割と言ったところだな」

確認のためにクラウスが視線を寄越したので、受けた連絡をまとめているレインは頷いた。出席すると表明しているうちの何人かは、きっとなにかの都合で現れないことも考えられるから、実際は六十人を切ることだろう。

「わかった。なにか手伝いが必要なことがあれば言ってくれ」

「ああ」

カイルと英里を送り出すと、便乗とばかりにラーシュもついていった。立て続けて退室したことに、クラウスはなにも言わなかった。前回の問題行動を気にして、もう少し警戒するかと思っていたのだが、意外にもあっさりしたものだ。

ふうと息をつき、クラウスは言った。

「では、レイン。エルナンを部屋に案内しておいてくれ。だいたいのことは説明してあるが、フォローを頼むよ」

「……はい」

「それからエルナン。くれぐれも、理性的な行動を」

「わかってる」

早く出て行けというニュアンスを含ませた言い方だった。これにはクラウスも呆れ、大きな溜め息をついていた。

直後、部屋には二人きりとなった。

「部屋に案内するよ」

「その前に、少し話せないか？　ここはすぐ出て行かないとまずいか？」

「そんなことない」

誰でも出入りできる応接室だ。ゲストといっても、ここには同族以外訪れないから、実際には談話室の一つとして使われている。

エルナンは床から椅子へと移動したが、手は握りっぱなしだった。しかも距離が近い。ほとんど密着していると言ってもいいくらいだ。

「いい加減に離せ。それと近すぎる。話すなら、もう少し離れろ」

「逃げないな？」

「どこへ逃げるっていうんだ。俺もおまえも、島からは出られない。俺はあと十何年かすれば問題なくなるけど、おまえは当分無理だ」

「わかってる」

呆れて呟くと、仕方なさそうに手が離れていく。続けて一人分くらいのスペースを空けてエルナンが座り直した。

急に寒さを感じたのはきっと気のせいだ。

　さっきより少しだけできた距離で、あらためてエルナンを見つめる。変化を遂げたあとも、見た目にはなにも変わりがない。けれどもその身体は、もうレインと同じ不老のものだ。病気とは無縁だし、ケガもよほどのものでない限りは再生能力の高さでものともしない。水だけで生きていける、特殊な身体だった。

「どうせ外へ行かないんだったら、新しい名前は意味がないな。ここに来るまでのあいだに、使ったくらいか」

「万が一ということもある。確かに、ここにいる以上は『エルナン』のままだけど……」

「そういえば、レインはどうしてその名前を使ってるんだ？」

　同族たちのほとんどは、生前の名前を名乗っている。もちろん外では違うが、それは定期的に変えるかりそめの名でしかないから、バル・ナシュ同士では本人が望む名でずっと呼ばれる。レインのように本名にかすりもしない名を通している者はいないはずだった。

「……これが、自分の名前だと思ったからだ」

「俺しか呼んでなかったのに？」

　エルナンが相当複雑そうな顔をしているのは、自分以外が呼ぶのはいやだが、自分が付けた名を選んでくれたことは嬉しいからだ。まして当時のレインは、二度とエルナンとは会わないのだと思いながら選んだのだ。

　思わずふっと笑った。

「俺の名前は、これだけなんだ」

「レイ……」

感極まったとばかりに抱きついてこようとするエルナンを手で制し、レインは軽くかぶりを振った。それだけで踏みとどまるほどには理性的であるようだ。とりあえずこの九ヵ月のあいだに、ある程度は慣れてくれたらしい。

「抱きしめるのもなしか？」

「昔と同じスキンシップの範囲なら」

「同じってのは無理だろ。十二のガキと同じだったら、馬鹿みたいじゃないか？」

「おまえはあの頃から、大人っぽかったよ。雰囲気も言うことも……見た目はともかく。本当に、なんでこんなに育ったんだろうな」

つくづくずるいと思ってしまう。なにをどうしたら、天使がフェロモンを垂れ流す色男に変身してしまうのだろう。

「それは気合いと根性で」

「なるほどね。バル・ナシュへの変化もそうか？　最短記録なんだって？」

「そう言われたけど、どうでもいい。まぁ一日でも早くレインのところへ行きたいと思ってたから、その点はよかったけどな。レインは最長だったたって聞いた……ケガのせいか？」

「たぶん。俺の死因は出血性ショックだったからな。あのとき……おまえと別れたときに、死んだらしいよ」

普通の人間としての最後の記憶は、エルナンの泣き顔だった。とてもいまの顔とは重ならなくて、思わず笑みがもれた。

「本当に変わったな。無駄にデカくなって……」

「無駄じゃない。レインの恋人としては、これくらいないと」

「なに言ってるんだ」

「いまならレインを抱いて逃げられる」

「誰からどこに逃げる気だ。ここには味方しかいない。俺たちに危害を加えようってやつも、利用しようっていうやつもいないんだ」

そこだけは断言できると思う。なにしろ身内意識がきわめて強いのが、自分たちの種族の特徴なのだから。

だがエルナンは納得していなかった。

「だがレインを欲しがってる男なら、何人もいる」

「……誰に聞いた？　カイルか？　それともラーシュ？」

耳に入れておく必要のない情報だから、カイルだとしたらエルナンが聞き出したということになるだろう。これがラーシュあたりならば、ベラベラとおもしろおかしく教えそうだが。

「ラーシュとかいうやつだ」

いまにも舌打ちしそうな顔は、ひどく苦々しいものだった。

「あることないこと吹き込んでそうだな」

「全部カイルとエーリに確認したから、そのあたりは大丈夫だ。情報の正否はわかってる。レインを抱きたがってるやつらは、軽く二桁《けた》を越えてるって？」

「らしいね。俺みたいに線の細いやつは珍しいし、この通り女顔だしな」

もともとは異性愛者だった者が多いせいか、レインや英里のようなタイプはとても好まれるのだ。ほとんどの者が同族以外の相手とも寝ているが、恋人という関係を築く者はあまりいない。寿命が違いすぎて、長く一緒にはいられないという意識がブレーキになっているようだ。だからパートナーを求めるならば同族から、ということになり、カップルは多数存在する。そして精神的な意味以外でも、同族を求める者は多い。もちろん快楽のためだ。なかにはカップルとして成立しているのに、相手以外の者と寝る者もいるという。ラーシュも言っていたように、性に対しては本当に奔放な者が多いのだ。信心深いとバル・ナシュになれないというのも、そのあたりに影響していそうだ。

「口説かれても、まったくその気にならなかったのか？」

「俺を本気で口説こうなんてやつはいないよ。やりたいっていう意味では本気かもしれないが……」

求められているのはこの顔と身体だ。レインに恋愛感情を抱いているわけではない。恋人やパートナーにと望む者もいたが、レインの内面までは見ていなかった。

自嘲するように吐き出すと、エルナンは眉をひそめた。

「なにか不愉快なことを言われたのか？」

「別に。鬱陶しいほど賛美されるくらいだ。悪気もないし」

どれもこれも聞き飽きた言葉ばかりだ。それこそ子供の頃から言われ続けてきたことを、変に恭《うやうや》しく畏《かしこ》まって言われているに過ぎない。

「好きな相手も、気になる相手もいないのか？」

「ああ」

「そうか……」

少なくともレインの心を動かした者は、エルナン以外にはいなかったが、そんな彼の安堵の表情を見ると複雑な気分になる。

彼は特別だ。それは認めざるをえないが、レインが望む関係とエルナンが望むそれは違いすぎていて、申し訳なくなってしまう。

「エルナン……はっきり言っておく。俺はおまえと一緒にいることはできるが、おまえが満足するような関係にはなれない」

「つまり恋人にはなれないってことか？」

「まさかプラトニックでいい、とは思ってないだろ？　悪いが、セックスはだめだ。俺はおまえとも寝る気はないよ」

バル・ナシュ同士のセックスは快楽が深いという。それがどの程度のものかは知らないが、もともと異性愛者だった者たちが簡単にのめり込み、同族以外を求めなくなるほどの快楽らしい。

だからこそ、怖かった。

「パートナーが欲しいなら、ほかのやつにしろ。俺は無理だ」

「俺はレイン以外はいらない」

不機嫌そうな口調に、喜びを感じた。

別の者にしろと言いつつ、実際にそうなったらレインは滅入《めい》るだろう。まるで子離れのできない親のようなものだ。

「いくら言われても、俺の気持ちは変わらない。死ぬまでレインだけを欲しがるし、そばから離れない。一生かけても口説くからな」

「…………」

「レインの気が変わるまで、いつまでも待つ覚悟はあるさ。レインにしてみたら、鬱陶しいかもしれないけどな」

レインは視線を逸らし、聞く耳は持たないという姿勢を示した。きっといまはなにを言っても無駄だろう。

話は終わりだ。そろそろ彼のために用意された部屋へ案内しようと、レインは黙って立ち上がる。

「なぁ、レイン」

「なんだ」

相手は座ったままだから、視線は下を向くことになった。いまは座っていてさえ視線を少し上向けることになるから、この位置は懐かしかった。

「俺があんたを愛してることだけは、わかっててくれ」

「……ああ」

「身体の関係も込みで欲しいと思ってるけど、それが絶対条件ってわけでもない。セックスはあんたがいいって言うまで待つから、俺を受け入れてくれないか？　それで、いつかその気になったら、俺に身を任せてくれればいい」

レインは唇を堅く引き結び、ふいと視線を逸らした。エルナンの口調は軽く、それはきっとレインに負担をかけまいという気遣いだろうが、どういう言い方をしようとも簡単な話ではない。

恋人になったとしても、互いに望む形が違えばいずれ破綻《はたん》する。一方が妥協し続ける関係など、長くは続かないはずだ。いまはよくても——再会の喜びで、レインさえいればいいという考えであっても、時間がたてばそれだけで満足できるはずがないのだから。

「部屋に案内する」

顔も見ないで言い放ち、レインは歩き出した。後ろからエルナンは黙ってついてきたが、廊下へ出るとすぐ横に並んだ。

人の姿も気配もなかった。増やしたスタッフもあわせ、島には五十人近くがいるはずだが、まるで人払いでもされているように、物音一つせずに静まりかえっていた。響くのは自分たちの足音と、息づかいだけだ。

エルナンはレインに歩調をあわせていた。かつては逆だったなと思い出し、なんとも言えない気分になる。

時間は確実に、それぞれの速さで流れていた。だがこれからは一緒なのだ。

先のことを思うと怖くてたまらない。それは自分の内に起きる変化への恐れだった。


新しい同族のお披露目、という目的を持ったパーティーは、今日の夜に開かれる。年に一度、親睦《しんぼく》の意味で開かれてはいるものの、その出席率には波があり、やはりお披露目のときには高くなるものだった。

ほぼ全員が前日までに島に入るのは、海が荒れて船が出せなくなることを考慮しているのと、この機会にバカンスも楽しもうという者たちがいるためだ。島の人口が増えれば増えるほど、あちこちでいかがわしい行為が繰り広げられるので、レインは閉口していたが。

「用意できたか?」

ノックのあと、エルナンがレインを迎えに現れた。

この日のために用意されたスーツは、長身で体格がいいエルナンによく似合っていた。光沢のある濃いめのグレーのスーツで、胸元を少し開けてネクタイの代わりにスカーフを使う。癖のある長めのダークブロンドを緩《ゆる》く縛ったその姿は、イタリアやフランスあたりのブランドでモデルでもやっていそうな雰囲気だった。

レインはまじまじとエルナンを見つめ、やがてはっと我に返った。見とれてしまったなんて、知られたくはなかった。

「きれいだ、レイン」

うっとりとした調子で、エルナンは臆面もなく言った。彼のこれはもう口癖のようなものだったが、普段と違う格好をしているのは事実なので、軽く流して横をすり抜けた。

本日の主役であるエルナンとは逆に、レインは身だしなみに気を遣ってはいない。ジャケットもネクタイもなしで、黒のカジュアルなショート丈のタイトシャツとパンツだ。普段よりも多少はデザイン性が高く派手めだとはいえ、正式なパーティーならば許されないスタイルだろう。どうせ身内の集まりなのだからどうでもよかった。そもそもレインがこういった場に顔を出すこと自体が相当の妥協なのだ。

「いや、でもジャケットを着たほうがいい。それじゃ身体のラインが出すぎだろう」

「面倒だ」

「持って来るから待っててくれ」

「いいって言ってるだろ」

制止も聞かず、エルナンは勝手にレインの部屋に入っていくと、すぐに長めのジャケットを手に戻ってきた。青みがかったグレーのジャケットだ。

言われるままにジャケットを受け取る。人目にさらされることが少なくなったせいなのか、以前ほど自分に向けられる視線に対して神経質ではなくなっていたらしい。何人もの男たちが自分に欲を抱いているのは知っているが、害がないので気をつけるという意識が薄くなっている。

確かに身体のラインがわかれば、余計に変な目を向けられるだろう。彼らが見るのは顔と腰のあたりだから、ジャケットで隠すことは有効かもしれない。

袖《そで》を通していると、離れたところからのんびりとした声がした。

「あれ、どうしたのそんなとこで」

近づいてくるラーシュを見て、エルナンは小さく舌打ちした。ラーシュは冗談まじりとはいえ、レインとの関係を望む発言をするので敵意を抱いているようだった。

「なんでもない」

パーティーの会場となるホールは、母屋の二階だ。すでにざわめきは上のフロアであるここまで聞こえてきている。

「んー、今日も色っぽいねぇレイン。そのジャケット、ラインがきれいでよく似合ってるけど、前も着たよね？」

「……それが？」

「相変わらず頓着《とんちゃく》しないんだねぇ」

「行くぞ、レイン」

エルナンは不愉快そうにレインの肩を抱き、引き寄せるようにして歩き出した。ラーシュの視線も言葉も気に入らないのだと全身で表している。

ラーシュは小さく肩を竦め、後ろをついてきた。彼もこのフロアに滞在しているのだ。ほかにもカイルと英里、そしてクラウスがいるはずだが、彼らは早めに下りていったようだ。

階段をワンフロア分下りたところで、後ろから声がした。

「そういえば、レインが壮絶に色っぽいって評判なんだけど、もうエルナンと寝たの？」

ぴたりと足を止めたのはエルナンで、振り返った視線は射殺さんばかりだったが、ラーシュは意に介していなかった。愉快そのものという顔をしていた。

「あ、違うっぽいね。やっぱそうかぁー」

「確かに違うが……」

ちらりとエルナンの顔を見て、レインは浅く溜め息をつく。そしてこの顔ではわかりやすかろうと納得した。

「だよね。もしレインとやっちゃってるなら、ドヤ顔で振り返るよね。わー、ほんとに手を出してないんだ。思ったより律儀《りちぎ》というか、紳士」

「黙れ」

「いいじゃん、褒めてんだし。でもそうなるとレインが色気垂れ流してるのは、なんで？　恋でもした？　もの思いにふけってる感じがたまらないって、やたらと聞くんだけど。当てられて、再チャレンジする無謀なやつもあとを絶たないでしょ」

確かにここのところ、毎日誰かに口説かれたり誘われたりしている。もちろん誰も身体に触ってくるようなことはしなかった。そこに至る前に、エルナンが蹴散らしてしまうからレインの出番がないとも言うが。

「もの思いにふけったつもりはない。ただの考えごとだ」

「エルナンのこと？」

問いには答えず、レインはふたたび歩き出した。遅れずついてくるエルナンの手は相変わらず肩にあり、いまのいままでそれを意識していなかった自分に気付いて驚いてしまった。

すっかりエルナンのスキンシップに慣れてしまっていた。彼が自分に触れるのが当然のように思えていた。

約束通り、エルナンは無理強いをしない。ただ時間の許す限りレインのそばにいて、思いを告げ、愛を請《こ》うだけだった。

ラーシュはなにも言わず、ホールに入ると離れていった。

もったいぶって遅くなったわけではなかったが、結果的に主役は最後の登場となった。気が早い連中が多いらしい。

そんななか、エルナンはクラウスに呼ばれて仮のステージに上がった。

ホールに小さなざわめきが起こったのは、エルナンの容姿がそれだけ目を引くものだったからだろう。ただそれはあくまで感嘆の意味合いが強かった。レインのときは、思い出すのも不愉快な視線と声を浴びたものだったが。

ボーイに渡されたグラスを手にエルナンを見つめた。ホールのあちこちにいるスタッフは、いずれも暗示がかけられていて、さまざまなことに違和感や不自然さを抱かないようにされている。もちろん外でここの話をすることもない。男女比は半々くらいだろうか。女性のスタッフがいなかったら、このパーティーは——それどころかこの島は男しかいない異様な空間になっているところだ。

レインが壇上のエルナンを見つめていると、誰かが近づいてくる気配がした。

「やぁ、レイン」

「……どうも」

顔も名前もわかるが、呼んでやる気はない。この男は懲りずに会うたび声をかけてくるのだが、ここ最近は当たり障りのない挨拶程度で去って行く、大きな害もない代わりにさして印象にも残らない人物だ。おとといも話しかけてきて、エルナンに睨《にら》まれていた。確か百年近く前に同族に加わったと聞いたような気がする。

「エルナンとパートナー申請するって本当？」

「初耳だ」

「あ、そうなんだ。そうか、よかった。いやなんか、そんな噂《うわさ》が流れててさ。ほら、エルナンが四六時中べったり張り付いてるし、君も当たり前のようにそばに置いてるから。君たちは元からの知り合いだって話は？」

「それは本当だ」

噂とやらは、きっと全体にまわっている。生前の個人的背景や人間関係は、直接関わった者にしか明かされていないが、エルナン自身が何度もレインとの関係を語ってるので、たちまち全体の知るところとなったらしい。

「じゃあ、彼とは……」

「レイン、久しぶり」

「今日も美しいね」

一人が話しかけたのを見たためか、わらわらと五人ほどが寄ってきて、レインを取り囲むようにして立った。

平静をよそおいながらも、レインは身を固くしていた。

大柄な男たちに囲まれるのは好きじゃない。誰だって気分のいいものではないだろうが、レインの場合は別の意味でだめだから、息が詰まりそうになる。いっそ触れてきたら叩きふせるくらいしてやれるのに、ただそばに立って話しかけてくるだけではそんなこともできやしない。たとえ不愉快な視線を複数浴びることになっていてもだ。

無意識にきつく手を握りしめていると、「群がるな」という呆れたような声がした。

「なんだよ、カイル」

二世代先の指導者は、パートナーである英里を連れて輪に入ってきた。カイルには刺々《とげとげ》しい態度の男たちも、英里に対してはあからさまに甘い顔をする。それがわかっているのか、英里はにっこりと笑い、柔らかな声で一人一人に声をかけた。

レインが同族に加わるまで、英里は同族たちのその手の視線を一身に集めていたと聞く。親しみやすい雰囲気もあって、レインとは比べものにならないほど声をかけられ、口説かれ、なかにはカイルから奪おうとした者もいたという。

そういった経験と、過ごした年月のせいか、英里のあしらいはすこぶる上手い。たちまち場の雰囲気は和やかなものになった。

「レイン……！」

人をかき分けて飛び込んできたエルナンは、レインを抱き込むようにして数多《あまた》の視線から隠してしまう。手にしたグラスの中身がスーツを汚しそうで、慌てて近くのテーブルにグラスを置いた。

小さな舌打ちがいくつも聞こえる。せっかく英里が和ませた空気は、またピリピリとした剣呑《けんのん》なものになった。

「ナイト気取りか」

「引っ込んでろよ坊や」

数日にわたり邪魔されていた彼らにとって、すでにエルナンは目障りな存在のようだ。長く生きていようとも、彼らのメンタリティーは肉体年齢にも大きく影響を受けることが多く、妙に青くさかったり未熟だったりする者がいる。百年生きようが二百年生きようが、中身は二十代の若者と大差ないというケースも珍しくない。

レインだって、十数年前とほとんど変わっていなかった。そんな時間ではさして違いが出ないだけかもしれないが。

「俺の養い子に文句でも？」

「養い子？」

「五歳から十二歳まで俺が育てた。だから文句があるなら俺が聞く」

すっぽりと抱きしめられた状態で言っても滑稽《こっけい》なだけかもしれないが、事実は事実として伝えておきたかった。自分自身とエルナンに、自分たちの関係を再認識させる意味もあった。

レインの声はまわりの者たちも聞いていて、皆一様に納得したような視線を送ってきた。親鳥を追いかける雛鳥《ひなどり》のようなものか、と呟く者もいた。

エルナンが不機嫌になっているのがわかる。レインがあんな言い方をすれば、いまのエルナンの行為も、子供じみた独占欲に見えると悟ったせいだ。

そのまま収まるかと思ったのに、エルナンはとんでもないことを言い出した。

「俺はガキの頃から、レインだけを愛してたけどな。初めての夢精もレインの夢を見てだったし。気付いてたか?」

「……なにを言ってる……」

こんな場所でなんということを言い出すのか。どこまで聞こえたのかは知らないが、かなり微妙な空気になっていることは間違いなかった。

「だから、こうなって俺は最高に嬉しいんだよ。レインが生きていたことが一番なんだが、これから五百年一緒にいられるってのも嬉しい。バル・ナシュになってよかったぜ」

静まりかえったパーティー会場で、みながエルナンの言葉を聞いていた。どうやら壇上での挨拶もそこそこにレインの元へ来てしまったため、視線を連れてきてしまったようだ。

「あの頃ガキだった俺が、いまは見た目じゃ年上だしな。こうやって抱きしめられるようになったし、レインが望めばいくらでも満足させ……っう……!」

「もう黙れ」

思わず肘《ひじ》をエルナンの腹に食らわせていた。制止の言葉はあとから出たが、レインの感じているいたたまれなさの前では些細《ささい》な問題だ。

集まった視線に耐えられなくなり、レインはすたすたとホールを出て行く。そのあとを嬉しそうな顔でついていくエルナンを、同族たちは異様なものを見るかのような目で追っていたが、当人たちが気付くことはなかった。

「待てって」

焦りなど微塵も感じさせない声に止められ、レインは素直に足を止めてやった。だが顔は能面のように無表情だ。

「余計なことをベラベラと……」

「大事なことだろ。嘘も誇張もない」

「今日の主役はおまえだ。語りたいなら、おまえ自身を語れ」

「だから俺を語ったら、レイン抜きじゃ成立しないんだよ。レインは俺のすべてだ。さんざんそう言ったろ？」

にやりと笑う男からは反省の色など微塵も感じなかった。開き直ったというよりも、自らの正当性を疑っていないのだ。

あの頃の天使はどこへ行ったのだろう。いや、当時からレインに欲情していたらしいから、中身は変わっていないのかもしれない。

「いいからもう余計なことを言うな」

「主張と牽制《けんせい》はするぞ」

「……勝手にしろ。俺はもう参加しない」

ただでさえ苦痛な場で、自分が主役だった年こそ仕方なく最後までいたが、次の年からは最初だけ顔を出して引っ込んできたのだ。だからここで帰るのも例年のことだ。

「言わなくてもわかってるだろうが、おまえは戻れ。今年くらいは我慢しろ」

「はいはい。あ、終わったら部屋に行くから」

エルナンの言葉の最後のほうは背中で聞いていて、返事もしなかった。だが拒否以外は了承だと心得ているから問題はない。

ふうと息をつき、レインは徐々に静かになる廊下を足早に歩いて行った。


聞きもしないのに、ラーシュという男は日々いろいろな話を持ち込んでくる。

今日もまた、エルナンとブランチを取っている席に現れて——といっても食べているのはエルナンだけで、レインはコーヒーしか飲んでいないが——、いいともなんとも言っていないのに空いていた椅子に勝手に座り、同族内の動向を聞かせてきた。すでに島を発った者は二十名ほどで、まだ四十人近くがバカンスを楽しんでいるそうだ。一般的なバカンスのシーズンからはずれているが、いまに始まったことではなかった。

今日はパーティーから三日目の朝だった。

「エルナンってば、すっかり『ヤバいやつ』って感じで定着しそうだよ」

「俺のどこが」

不本意だと言わんばかりの態度だが、レインにはラーシュの言わんとしていることがわかっていた。

パーティーのときに限ったことではなく、話す人話す人にレインへの愛を熱く語るのだ。エルナン以外が知りようのない頃の話から、離れていた時間、そして再会後と。

「いやいや、実際かなりイッちゃってるし。レインのこと好きすぎるでしょ。好きなのはいいんだけどさ、頭のなかレインのことしかないのはどうかと思うよ」

「俺としては特に問題ないんだが。ずっとこうだったし」

「なにそれ。バル・ナシュになる前とあとで、まったく意識とか変わらないの？」

「変わらないな」

「えー、なんかないの？　たとえば、説明不可能なんだけどなぜか同族に対して、無条件の信頼というか、仲間意識みたいのが芽生えたとか」

「別に」

きっぱりと言い放つエルナンを前に、ラーシュは大きな溜め息をついた。

「じゃあどう思ってるの？　たとえば僕は？」

「レインを狙う不届き者」

「いや、あわよくばって気持ちはあるけど、狙うとか言われるのはちょっと不本意……。チャンスがあれば抱きたいなーと思ってるのは、狙うとは言わなくない？」

「言うだろ」

「えー違うでしょう。僕にとって狙うってのは、虎視眈々《こしたんたん》と機会を窺《うかが》ってる感じなんだけどな。ハンターみたいに。そもそも僕は合意でなきゃなにもしない子だから。レイプとか好きじゃないの。でろっでろに甘やかして、もっとーって言わせたいタイプなの」

「あんたの性癖《せいへき》なんて聞きたくもないんだが」

冷たくばっさりと切り捨てて、エルナンは濃いめのコーヒーを飲んだ。態度はこうだが、比較的話す機会が多いラーシュには、多少なりとも気を許しつつあるというのがレインの見解だ。少なくとも会話を拒否しようとはしない。

「うー……まぁいいや。じゃ僕以外は？　たとえばカイルとエーリとクラウス」

「カイルはエーリしか見てないのがわかったんでな、いまのところ問題にしていない。エーリはレインが保護者意識を持ちそうで少し警戒してたんだが、意外と大人でその心配はなさそうだから、別にいい。クラウスは、なに考えてるかわからないし、レインも変に信頼してるから要警戒だ」

すらすらと並べられた答えは突っ込みどころが多くて、レインは思わず眉をひそめてしまった。ラーシュも呆れて何度目かの溜め息をつく。

「僕は個人への意識とかスタンスを聞きたかったんだけど。レイン絡みでどうとかではなく」

「ほかに思うところはないな。それ以外の連中のことは、レインを狙ってるか否か、でしか認識してないし」

「いやだから、同族意識とかそういうのは？」

「さぁ？　そもそも、どういったものかが理解できない」

「それってどうなの」

同意を求められても困るばかりだ。レインも同族と深く関わることを拒否してきたが、それは自らの意思であり、本能的な部分では同族に対して無条件の信頼感というものを持っている。同族が自分に危害を加えるはずがない、不利益となることをするはずがない、という、身内意識だ。個人の好き嫌いとはまったく別の感情だった。

「レインにだってあるのになぁ……あ、もしかしてあれか。エルナンはレインへの気持ちが強すぎて、目がくらんでる状態なのかな」

「俺にわかるか。だいたい、そんなことはどうでもいい」

「みたいだね。ところでさ、まだ手は出してないっぽいね。偉い偉い、エルナンって思ってたよりずっと我慢強かったんだね。てっきり島に来たら三日以内に食っちゃうと思ってた」

「食っていいと言われたら、すぐにでも食ってたさ」

「だろうねぇ。でも最初のあれとか、熱い語りを見てると、その余裕が嘘みたいに思えるよ」

いつの間にか自分の紅茶までメイドに運ばせ、ラーシュは当たり前のようにティータイムを楽しんでいた。まるで最初からいたかのような態度だ。

「余裕なんかないぞ」

「いやいや、あるよ絶対。だって余裕あるから、待ってられるわけでしょ。レインに会う前は自信なかったから焦ってたけど、会ったら確信したんじゃないの？」

「……確かに」

エルナンはラーシュに言われて初めて気付き、大いに納得していた。

軽い態度と言葉にごまかされがちだが、ラーシュはたびたび新しい同族の変化に立ちあうほど、使える人材なのだ。メインで入ることはあまりないようだが、フォロー役としては可能な限り駆り出されている。

そんな彼が、ずいぶんと居心地の悪い話を持ち出したものだ。茶化すでもなく諫《いさ》めるでもなく、ましてレインを前にして口説くことすらしないとは。うぬぼれでもなんでもなく、変化の直後からつい最近まで、ラーシュと話すときは必ず口説かれるかセックスの誘いを受けたりしていたからだ。

ふいにエルナンがレインを見て、そのまま視線を固定させた。

鋭い目付きではないが、捕食者のそれなのは間違いない。エルナンは常にレインを欲し、言葉でも視線でも、そして行動でもその気持ちを訴え続けている。レインの反応は期待していないのか、無視しても溜め息をついても、はっきりと言葉で拒否しても、一向にめげることはなかった。

本人も言うように、積年の思いはそう易々と変わらないのだろう。いくら冷たくしようとも、レインはレインで誰よりもエルナンのことを大事に思っているわけだから、冷たくしきれるものでもない。このままではレインのほうが先に参ってしまいそうだ。離れて暮らせばもう少し違うのだろうが、一つ屋根の下での生活は、朝から晩まで顔を突きあわせているのだから、思いをぶつけられる回数はどうしても多くなる。

いっそ離れて暮らしてしまえば――。

そう思ったとき、エルナンは口を開いた。

「レインが俺以外を受け入れるなんてあり得ない、と思ってるからな」

「え？」

まじまじと見つめた先には、真面目くさった顔をしたエルナンがいる。冗談めかして言ったわけではなく本気のようだ。

「誰にも許さないか、俺を受け入れるか、二択《にたく》だろうなとは思ってる」

「ひゃー言うねぇ。エルナンはこう言ってるけど、どうなの？」

「……俺は、誰も受け入れるつもりはない」

何度も繰り返してきた答えをあらためて口にした。だがエルナンの言ったことは間違いではなかった。受け入れないことが前提ではあるが、可能性があるのは――ようはレインが心動かされるのはエルナンだけだった。

レインのなかで、時間はずっと止まっていた。十数年前に別れたエルナンがなによりも大事で、彼の人生を見守ることを生き甲斐にしていたほどに。

だから目の前にいる大人の男が、レインの知るエルナンと重ならなくて、いまでもまだ戸惑っている。では彼がまったく知らない男に思えるかというとそういうわけでもなく、やはりそこはレインの大事なエルナンでしかないのだ。

かつて彼は、汚かった自分にとっての聖域で、いまもその気持ちは少なからずある。だからこそ、触れてはいけないような気がしてしまう。もちろん単純に、恋人としての行為が——セックスが怖いというのもあったが。

エルナンはどこまで気付いているのか、過剰な口説き方はしてこない。ただ離れようとはせず、自分という存在をレインにとって当然のものにしようとするだけだ。

いまのように恋人関係を拒絶しても、まるで聞いていなかったかのように振る舞った。なにかしらの感情を見せたらレインが気に病むとでも思っているのだろう。

思っていたよりもずっとできた男だ。ことレインに関しては、彼以上の人間なんていないだろうと断言できる。

「いいなぁ。そういうの、ものすごーく羨《うらや》ましいんですけど。拒否しても拒否しても、めげずに好きって言い続けてくれるなんて、いいなぁ。あ、でも気をつけないと、そういうやつってストーカー化しそうだよね。ま、バル・ナシュにストーカーもなにもあったもんじゃないけど」

「おい」

ストーカー予備軍呼ばわりされたエルナンが、心底不機嫌そうになっているが、ラーシュはからからと笑うばかりだ。こういう反応がくることはわかっていたのだろう。

だがレインは笑えない。ラーシュが羨ましがっていないのは間違いないし、エルナンをからかいたいだけでもないように思えるからだ。エルナンの好意の上にあぐらをかいていると、暗《あん》に責められているような気がした。

ラーシュに限って、とは思う。思うが、ここまで彼がレインに絡んできたことはなく、なんらかの意図を感じてしまう。

「お？　クラウスだ」

ひらひらと手を振る彼の視線を追うと、クラウスがいつものようにしかつめらしい顔をして近づいてくるところだった。

「エルナン。少しいいか」

「なんだ？」

「話がある。来てくれ」

「いまか？　ここじゃだめなのか？」

ちらりと視線を向けた先にいるのはもちろんレインだ。離れるのは本意ではないと、態度で告げたが、クラウスは引く気がないようだった。

「個人の『死後』の報告だからな」

「わかった」

不承不承《ふしょうぶしょう》立ち上がり、エルナンは周囲に目を走らせてからクラウスについていった。ここは密室ではないので、おかしなことにはなるまいと判断したようだ。パーティーのときにホールとして使った場所は、何組ものテーブルと椅子が置かれてダイニングルームと化している。そのバルコニー部分にも席が用意され、ここをレインたちは使っているのだ。

二人が行ってしまうと、ラーシュはくすりと笑った。

「後ろ髪を引かれる思いって、ああいうのかな。エルナンってさ、レインが怖がるから深追いしないんでしょ？」

「……ああ」

「いい男だよね」

にっこりと笑うラーシュに、椅子の肘かけをつかんでいた手がぴくりと動いた。いまのは一般論なのか、それとも――。

いきなりラーシュはぷっと笑った。

「かーわいいなぁ。嫉妬《しっと》した」

「は？　なに言ってる。そんなもの、するわけないだろ」

「えー、したよ。はっきりとしました。だってエルナンがいい男なんてこと、いまさらでしょ。なのに僕が言ったら、変な反応したし」

していない、とは言えない。嫉妬だとは思わないが、思いがけないラーシュの言葉に動揺したのは確かだった。

ラーシュはエルナンの皿からカットフルーツを摘まんで口に入れ、甘酸っぱいねと意味ありげに笑った。

「好きでしょ、エルナンのこと。あ、もちろん恋愛の意味で言ってるよ」

「わからない」

「いいじゃん、ごまかさなくても」

「別にごまかしたつもりはない。本当にわからないんだ」

近すぎる存在だから、感情の違いがよくわからないのだ。好きなのは当然として、それがかつての養い子に対するものなのか、形を変えたものなのかすらも。

「あー……もしかして、レインって恋したことないのかな」

「恋？」

怪訝そうな顔になってしまったのは仕方ないことだと思う。レインの人生には不必要なものだったのだ。意図的に避けてきたつもりはなく、そんな気が一度も起きなかっただけだ。近くで恋愛している者たち――カイルや英里を見ても特になにも思わず、無意識のうちに自分との縁のないもの、あるいは別世界のものと認識してきた。

「レインに限ってキープしとこうとか、そういうんじゃないよね」

「当たり前だ」

打算などあるわけがない。レインはただエルナンが諦めてくれるのを待っているだけだ。嘘でも嫌いだなどと言えるはずもないし、偽りの恋人など作ったところですぐに看過《かんか》される。嫌われようにも、どうやったらいいものかさっぱりわからない。

所詮《しょせん》レインに恋愛ごとなどわかるはずもないのだ。

「でもさ、そのうちエルナンの気持ちも変わっちゃうかもよ？　一年二年じゃ変わらないかもだけど、何十年も好き好き言ってると思う？　それに、十年前後で次の同族が誕生するだろうし、その子と恋に落ちちゃうかもよ？」

「……そのほうがエルナンは満たされるんじゃないか。いつまでも俺に縛られてるより……」

「本当に？」

「どういう意味だ」

探るような言い方に顔をしかめると、ラーシュは身を乗り出してきた。

「言葉通りだよ。本当に、そう思う？　いや本気で言ってるんだろうけど、具体的な想像はしてないんでしょ。エルナンが別の人好きになって、その人と恋人同士になって、目につくところに五百年近くいるって状況。レイン、耐えられるの？」

「………………」

「やっぱりね。ほかの人を好きになるって、つまりそういうことなんだよ。狭い世界だからね。君がどこかで隠棲《いんせい》するならともかく」

例がないわけじゃないとラーシュは言う。過去には、個人的な理由で同族との直接的な交流を絶ち、連絡のみで生涯を終えた者もいないわけじゃなかった。それでも音信不通にはならなかったそうなので、やはり同族間の結びつきというのは理屈抜きに強いのだろう。

「僕からすれば、なにを躊躇《ちゅうちょ》してんのって感じなんだよね。傍目《はため》には、君たちもうできあがってると しか思えないもん」

朝から夜まで一緒だし、とラーシュは呆れる。エルナンがレインの部屋で寝泊まりしているように見えるだろうが、実際はレインが起きる頃にやってきて、眠る頃に帰って行くのだ。

「だからね、君にはエルナンの手綱《たづな》をしっかり握ってて欲しいんだよね」

「……どういうことだ？」

声の調子は変わらないのに、わずかに雰囲気が変わった。へらへらと笑う顔はそのままに、ラーシュは続ける。

「エルナンはさ、要警戒って感じなんだよね」

「警戒？　なんの話だ……？」

「まぁあくまで現段階では、だけど……ちょっとバル・ナシュとしての本能が薄い気がするんだ。レインがすべてっていうのは、いいんだよ別に。そんなのはほかにもいるからね、カイルたちだってそうだし。でもなんか、ほかの同族たちと違うんだよね。彼個人の特性なのか、世代が進むにつれて変わっていくのか……そのあたりも知りたいところでさ」

「そうか……上の指示でエルナンを監視してたんだな」

道理でやけに絡んでくるわけだ。ただ見ているだけでは果たせないことだから、積極的に話しかけ、より多くの言葉を交わして、エルナンの言動をチェックしていたわけだ。彼が選ばれたのは納得だった。普段から誰彼なく話しかけに行くし、態度はふざけているし、享楽的《きょうらくてき》で深くものごとを考えていないような印象があるから、相手はセクシャルな点で警戒することはあっても、裏があるなどとは思わない。現にレインがそうだった。

暗にそう言うと、ラーシュは不満そうな顔をした。

「上とか、監視とか、言葉のチョイスがよくないなぁ。バル・ナシュは指導者とか指導部みたいなものはあっても、上下関係はないよ。あるのは年上に対する敬意だけ。ま、それも見た目がこれだから微妙な場合が多いけどね。あと監視ね。別にそんなことはしてないからね。あくまで観察だよ」

「それで、俺にもその観察とやらをしろっていうのか？」

「違うってば。手綱握って欲しいの！　わかる？　エルナンをしっかり君で繋ぎ止めておいて欲しいわけよ。もし彼がこれまでのバル・ナシュとは違ってるとしたら、同族の不利益になるようなことをしちゃう可能性もあるだろ」

バル・ナシュはひっそりと生きていくことを全員が心がけている。存在が知られないよう、目立たないよう、伝承や噂のたぐいにも登場しないように慎重に行動しつつ、バル・ナシュの現在と未来のために活動を続けてきた。定期的に住む場所と名前を変え、一つの国家に深く入り込んでまで身元を確かなものにしているのも、自分たちの存在をあやしまれないためだ。年を追うごとに難しくなってきているが、それをカバーするための努力も惜しまない。当然金が必要になってくるが、稼ぎ頭は何人もいるのでいまのところ不自由はなかった。

バル・ナシュの潤沢《じゅんたく》な資金は、過去から現在に至るまで同族たちによって作られてきたものだ。目の前にいるラーシュも、起業した会社のオーナーという立場があり、バル・ナシュの懐《ふところ》を潤《うるお》している者の一人だ。彼を始めとする稼ぎ手はほかにもいるが、誰も不平等を訴えたりはしない。これもバル・ナシュの特性が強く表れていると言える。

ではエルナンはどうか。確かにラーシュの言うように、バル・ナシュのメンタル面での特性はほとんど見られないと言っていいだろう。この島でおとなしくしていることに同意したのも、レインがいるからだ。もしレインが島を出る、ということにでもなれば、当然ついていくと言って聞かないだろう。

「……離れて暮らすことも考えてたんだが」

「無理無理！　そんなことになったら、止めたって行っちゃうよ」

「そうだな」

やはり一緒にいるしかないのかと、レインは溜め息をついた。

「ま、そういうわけだから、エルナンの件はよろしくね。君にしかできないわけだし。とりあえず、変なことしないように見てて」

「もし本当にエルナンに問題があった場合は、どうするつもりだ」

レインが鋭い目を向けても、ラーシュの態度は崩れなかった。笑みを浮かべ、ひょいと肩を竦めて立ち上がる。

「それはクラウスに聞いて。もちろん彼の一存で決められることじゃないけどね。現指導者とか、年長者たちと話しあわないと」

「…………」

「大丈夫だよ。別に殺されたりとか、そんなことにはならない。よくも悪くも、バル・ナシュの特性としてね、同族を手にかけたりはできないから」

「なら幽閉か」

「幽閉というか、ずっとこの島にいてもらう……って感じかな。でも将来的に君が出て行くとなったら、追いかけて行っちゃうかなぁ……？」

　この島に留まり続けているレインも、あと十何年かすれば島を出ることになる。当時の関係者が全員いなくなる必要はなく、同一人物であることがあり得ないほどの年月が過ぎればいいからだ。だがエルナンの場合はもっと慎重になる必要がある。

「いまここで話しても意味ないし、まずは見極めだね。僕もこれまで通り様子を見に来るけど、君も冷静な判断をよろしく。エルナンに言ってもかまわないよ。言うことで自覚が芽生えるって可能性もあるし、バル・ナシュの危機を招くってことは、レインの身も危険にさらすってことだからね。まぁ、期待してる」

　無責任なことを言い放ち、ラーシュはゆったりとした足取りでテラスを出て行った。きっとクラウスに報告するのだろう。

思っていたよりもずっと食えない男だった。すっかり普段の言動にごまかされていた自分が情けない。人を見る目には自信があったのに、まだまだだと思い知らされた。

「それにしても……」

あんな話を聞いてしまったからには、レインはエルナンの言動に気を配らなくてはならなくなった。確かにレインが立場的に適役なのだろう。一番近くにいるし、エルナンへの影響力も強いのだから。バル・ナシュの存在は知られるわけにはいかない。もし知られたら悲惨な結果になるのは目に見えているのだ。迫害や研究対象という可能性のほかにも、メディアにさらされ、人によっては生前のデータが公表されてしまうことも考えられる。逃げ場がなくなるのだ。もちろんコルタシアの事情も暴《あば》かれ、バル・ナシュたちの安息《あんそく》と、最悪の場合は命が失われるだろう。

わかっている。自分たちだけの問題ではなく、同族全体に関わることだ。だが釈然としないものは残った。

エルナンからの信頼を裏切ることになりはしないか。あるいは彼の純粋な気持ちを利用するようなものではないのだろうか。

(あれは、指導部としての見解なのか……それともクラウスの懸念《けねん》なのか)

これはカイルにも意見を聞いたほうがいいかもしれない。彼も将来の指導者だから、食えないタイプなのは同じだが、ラーシュとは違い真正面からぶつかればはぐらかしたりはしないはずだ。それに会話をしていても疲れることはない。

ぼんやりとテラスで一人考え込んでいると、クラウスからの話が終わったのか、神妙な顔をしたエルナンが戻ってきた。

「ただいま」

「ああ……クラウスの話、なんだった？　マズい話か？」

「そこまでじゃないと思うが、俺の元同僚の動きがちょっとな」

「なにか調べてるのか？」

「いや、俺の入ってきた施設に問い合わせをしたらしい。あんまり秘密にしておくのもかえってあやしいと思って、それは言っておいたんだ」

施設も墓も隣国なので、コルタシアが調べられることはないはずだが、用心するに越したことはない。エルナンが呼ばれたのは当事者だからというのもあるが、問い合わせをした捜査官の人となりを聞き出すためだったようだ。

「いまのところは様子見か」

「ああ。そういえばラーシュは帰ったんだな。てっきりまだいるんだと思ってたが……」

「またどこかで誰かを口説いてるんだろ」

適当にごまかして、レインはテラスから離れた。

夏の日差しはまぶしいが、紫外線を気にしなくていいのはありがたい。以前のレインは少し日に当たると赤くなり、ひどいときは痛みを覚えたものだったが、新しい身体になってからはその心配もなくなった。ようは火傷《やけど》だから、焼けたそばから治癒《ちゆ》していっているのだ。

エルナンは当然のようについてきて、すれ違う同族たちをじろりと睨み付けた。それぞれが好きなように生活しているので、食事の時間もまちまちだ。いまからランチという者も珍しくはなかった。食事は母屋のダイニングで取ることが多く、いまも何人かが集まってきているので、自ずと視線も多くなった。

エルナンが好戦的なのはもちろん全員に対してではない。エルナンの認識で「レインに気がある」もしくは「狙っている」者たちだけだ。

「見るな、汚れる」

ぼそりと呟いた声に、レインは大きく反応してしまった。小さな声はレインにしか聞こえなかったから、ダイニングにいる同族たちは驚いたような顔をしていたが、レインはあえてなにごともなかったかのように振る舞い、足早に廊下へ出た。

「レイン、どこ行くんだ？」

「ちょっと用事がある。おまえはついてくるな」

びしゃりとエルナンを撥《は》ね付けて、レインは足早にとある部屋を目指した。エルナンが背後でショックを受けて立ち尽くしていることなど気付きもしなかった。

そのまま上のフロアへ行き、一つのドアをノックする。部屋割りとしては知っているが、実際に訪問するのは初めてだ。

開いたドアから現れたのはカイルで、レインを見るとかなり意外そうな表情になった。

「カイル、少しいいか？」

「珍しいな。どうした」

カイルはレインを部屋に招き入れ、椅子を勧めた。彼と英里の部屋は、ほかのゲストたちにあてがわれるものと同等の広さと設備しかないが、本人たちは充分だと思っているらしい。「どうせ風呂とベッドも一緒なんだから」と言ったのはラーシュだった。さらに「三十年近くたってるのに、いまだにくっついた頃と同じ」ような付き合い方をしているらしい。万年新婚カップル、とも言っていた。

その片割れは不在だった。生魚が食べたいからと、ラーシュと釣《つ》りに行ったようだ。

「それで？」

「エルナンのことなんだが……」

「ああ、ラーシュに言われたのか」

当然と言おうか、やはりカイルも把握している話だった。

「あれは指導部としての見解なのか？　それともクラウス個人の？」

「ゼデキアが憂慮《ゆうりょ》している、と言うのが一番正しいな。誰かがエルナンの言動を、彼の耳に入れたらしい」

現指導者の名前が出て、レインは納得した。現指導者であるゼデキアは、およそ四百年前の人間だ。最年長ではないが、全バル・ナシュのなかでも上から数えたほうが早く、それゆえに考え方にもより保守的な色合いが強いと聞く。そんな彼の耳にエルナンのことを入れたのが誰かカイルは言わないし、そもそも知らないのかもしれないが、言い方からしてラーシュやクラウスではないのだろう。

「現指導者の意向は無視できない。もちろん彼の懸念も一理あるからこそなんだが、実は俺やクラウスはそれほど憂慮してないんだよ。ああ、もちろんラーシュもな」

「え？」

「問題視したのは、エルナンがバル・ナシュよりもレインを優先するからだろ？　それも当然のように。ただ俺だって、英里とバル・ナシュ全体を天秤《てんびん》にかけたら、英里を取るぞ。もちろん裏切るつもりはないが、関係を絶つくらいは平然とできる」

その言葉はとても将来の指導者とは思えなかった。そう思う時点で、レインも自分がバル・ナシュであることを自覚させられる。

「本来は……恋人やパートナーより、同族が優先される……？」

「どうかな。本来は、ってのがそもそも正しくないかもしれない。寿命が長くて繁殖をしないから、個に対しての執着ってのが薄い……ってのが、定説みたいに語られてたけどな、本当にそうなのかっていう疑問はあったんだ。で、クラウスには言ってあった」

「なんて？」

「バル・ナシュが個に対して愛情や執着を持った場合は、本能を凌駕《りょうが》するんじゃないか……ってことだな。現に俺はその可能性があった。過去にも同じように感じた者がいたかもしれない。黙っていただけでね」

「それは……あるかもしれない」

なにしろ狭いコミュニティーだ。外の世界で自分の居場所を見つけるのは難しいし、いざというときの庇護《ひご》や協力がないと不安だろうから、離れて行くのも排除されるのも避けたかったに違いない。異端のなかで、さらに異端となってしまうことを、恐れる気持ちはレインにも理解できた。

なにごともなければ、恋人なりパートナーなりと長く生きていけばいいだけなのだ。過去にもし同じような同族がいたならば、きっとそうしてきただろう。

「あるいは、バル・ナシュに変化が起きているのかもしれない。俺も世代としては新しいほうだからな。誕生があとになるにつれて、いままで本能とされてきたものが薄まる傾向にあるのかもしれないだろ？」

暗にレインもそうだろうと言われたが、事実なので黙っていた。あっさりと自らの性質を暴露《ばくろ》したカイルは、四番目に新しいバル・ナシュなのだ。

「それはバル・ナシュにとって危機的な状況なのか？」

「さぁな。ただ、バル・ナシュが一枚岩でいられなくなる可能性は否定できない。本能に頼った団結が、そもそも不自然なのかもしれないしな」

「そもそも俺たち自体が、不自然な存在なのに？」

「わからないぞ。ここまで数が揃えば、もう突然変異とは言えないだろ。いまは新しい種族って考えだが、もしかしたらこれが進化の形なのかもしれないし。まぁ、あくまですべて可能性の話だけどな。とにかく、そう深刻になることはない」

「エルナンが幽閉されたり排除される可能性はないと？」

「あいつが君を危機にさらすはずがない。バル・ナシュの危機は、君の危機でもあるからな。仮にエルナンの本能が薄いとしても、冷静な計算でトラブルは防げるはずだ」

「ああ……」

やはりカイルに相談したのは正しかった。新しい世代でもあり、唯一無二のパートナーを得た彼は、きっとエルナンを一番理解してくれる。

カイルという前例がいるなら、エルナンだってなんとかなるだろう。いまはレインにすべての意識が向いていると言っても過言ではないが、時間がたてば仲間にも心を開いて、信頼関係を結んでくれるかもしれない。

それにはまずエルナンに自覚をさせなければ――。

「あ……」

なにやらただならぬ気配を感じ、レインは意識をそちらへ向けた。分厚いドアがあるから足音こそ聞こえないが、殺気立った雰囲気ははっきりと感じ取れる。

カイルも気付いたのか、もの言いたげに口を開こうとしたときだった。

「レイン！」

バァンと音を立ててドアが開くと同時に、エルナンが鬼気迫る表情で飛び込んできた。まるで蹴破りそうな勢いに、レインはびくっと身を竦めた。来るとわかっていたのに驚いてしまった。

エルナンはずかずかと近づいてくると、レインの手を引っぱって抱きすくめ、じろりとカイルを睨み付けた。

「落ち着け、エルナン。相談に乗ってもらってただけだ」

エルナンの行動理由は手に取るようにわかったから、彼がなにか言い出す前に、諭《さと》すように言った。

いくぶん溜め息まじりになったのは仕方ないだろう。

「相談？　なんでカイルにするんだ」

「おまえのことだからな」

ちらりと視線を横に向けると、興味深そうにこちらを見ていたカイルと目があった。エルナンに威《い》嚇《かく》されても平然としており、むしろおもしろがっている様子だったが、レインの言いたいことを察し、軽く顎《あご》を引いた。

「俺のことって、どういう……」

「おまえはバル・ナシュとしての本能が薄いんじゃないかっていう話だ。俺たちの成り立ちは理解してるだろ？　おまえ、最悪この島に幽閉されるぞ」

「レインと一緒か？」

間髪《かんはつ》入《い》れずの問いに、溜め息をつきたくなった。

「気にするのはあくまでそこか」

「それ以外になにがある」

「おもしろいな、エルナン」

喉《のど》の奥で笑う声に、名指しでおもしろがられたエルナンは不快そうに顔を歪《ゆが》めた。ただでさえレインがカイルと二人きりで話していたことで不機嫌だったのに、いまや機嫌は地を這うようだ。いまにも舌打ちをしそうな雰囲気が漂っている。

「まぁそういきり立つな。ようするに、おまえは観察対象になってるわけだ。指導部の一部……まぁ長老たちが心配してるんだよ。悪く思わないでくれ」

「別にどうでもいい」

「それは、おまえ自身が同族なんぞどうでもいい存在だから、どう思われてもかまわない……って意味だな？」

「否定はしない」

「いっそ清々《すがすが》しいな。まぁとにかく、まずはバル・ナシュとしての自覚を持ってくれ。島内だったら大抵のことは許されるが、もしなにかの理由で外へ出たとき、バル・ナシュの不利益になるようなことをされては困る。本来ならバル・ナシュが本能で身に着けてるはずの感覚なんだが、エルナンはわからないからな」

「わかってる。レインを危険にさらすわけにはいかないからな」

あまりにも予想していた通りで、苦笑がもれた。

「とりあえずはそれでいいんじゃないか。どう考えても、故意にバル・ナシュに害をなそうなんて思わないだろうしな」

「ああ……ありがとう、カイル」

「いや、エルナンと二人で、いつまでも仲間でいてくれ。英里はレインに親近感を覚えてるらしくてな。目線が一番近いんだと」

「…………」

気持ちはわかるが、名誉なことでもなかったし、似たり寄ったりの感覚はレインも抱いているので、なにも言いようがない。

もう退室してしまおうかと考えていると、ふいにエルナンが口を開いた。

「ちょっといいか。あんたに一つ聞きたいことがある」

「なんだ？」

「バル・ナシュの本能とやらは、そんなにご大層なものなのか？」

「大層かどうかはともかく、千年以上も完全に隠れていられたのは、その本能ってやつのおかげもあるだろうな。噂話一つさえ残ってないのは驚異的だ。たとえ暗示能力があっても、異様に自己顕示《けんじ》欲や支配欲の大きなやつや、裏切り者が出たらそれまでだからな」

「へぇ……ま、新参者の俺が本能ってやつを否定するつもりはないが、そういうのに頼って結束固めてんのは、正直どうかと思うよな」

「エルナン……！」

「かまわないぞ、レイン。もっともな意見だからな」

カイルは指導部に属している者だ。まして将来の指導者でもある。そんな人を相手になんてことを言うのかと焦っていたら、あっさりと流されてしまった。カイルがリベラルなタイプだとはわかっていたが、バル・ナシュのあり方まで否定したのに平然としているとは思わなかった。

続けろとカイルが促すと、エルナンはふたたび口を開いた。

「俺たちは人から外れた存在だが、人だ。少なくとも本質はそれほど変わってないし、自分たちでもそういう認識なんだろ？　だったら、人間関係だって長い目で見ろよ。俺はいま、レインを振り向かせるので必死だし、限られた同族しか知らないから、ろくに会ったこともない相手に情なんか湧くわけがない。交友持つヒマがあったら、レインを口説きたいからな」

「なるほど。ようするに、レインの恋人なりパートナーなりに収まって、ほかの連中と話す機会が増えれば、人としての仲間意識くらいは芽生える……ってことだな」

「と思ってる。理性と感情と……あとは損得勘定で人間関係を構築するのが、人ってもんじゃないのか。当然好き嫌いはあると思うけどな」

「意見があったな。俺も、それこそが正しい形だと思うぞ。本能に頼るんじゃなく、情で結束するのがね」

「カイルは、そうなんだな？」

レインは確信を抱いて問いかけたが、明確な返事はなかった。だがこの沈黙は肯定だ。彼は英里への強い愛情と執着を抱いたまま、バル・ナシュの指導者になろうとしているのだ。

「それはそうと、思ってた以上にエルナンはまともだったな。まぁ当然か。捜査官として優秀だったらしいからな。将来を嘱望《しょくぼう》されてただけのことはある」

ただしレインが絡まなければ、と小さく呟き、カイルはふっと鼻を鳴らした。

「終わった人生の話なんて無意味だろ」

「本質は変わらないと言ったのは、おまえだぞ。その冷静な部分を駆使して、ぜひとも友好な関係を築いてくれよ」

「どのみちレインに手を出したら、ぶん殴るくらいはするけどな」

「それはいいんじゃないか」

笑いながらカイルは傍《かたわ》らに置いてあった本を手に取った。話はこれで終わりだという合図だ。

レインは礼を言うとエルナンを連れて今度こそ自室に戻った。エルナンは珍しく少し下がってついてくるが、背中に当たる視線はどこかもの言いたげだった。

無言のまま自室に戻ると、気遣わしげにエルナンが顔を覗き込んできた。

「レイン」

「……なに」

「また俺のことで心配かけちまったか？」

「大したことじゃない。俺が手綱を握ってれば、問題は起きないだろうとは言われてたし……ただ、おまえの気持ちを利用するようで、気が重かっただけだ」

それ以前に覚えた危機感については、あえて言わないことにした。

「考えすぎだ。それとこれとは別問題だろ。相変わらず潔癖《けっぺき》というか……」

「そんなんじゃない」

思わず強い口調で制してから、我に返った。どうも最近感情の抑制がうまくできなくなっている。あるいはそれだけ心を揺さぶられることが多くなったということなのか。

「レイン？」

「悪い、なんでもない」

「なんでもなくないだろ。急にどうしたんだ？　なにかまずいことを言ったか？　さっき、ダイニングから戻ってくるとき、様子が変だったよな」

「だからなんでもないんだ」

故意に鬱陶しいと言わんばかりの態度を作って視線を逸らしても、エルナンは傷ついた様子も不機嫌になった様子もなかった。

寛容《かんよう》というよりは、レインに対してどこまでも甘いのだろう。これがほかの誰かだったら、きっと不機嫌になっていたはずだ。それくらいのことはわかっている。

全身で好きだと告げてくるエルナンを拒絶し続けるのはとてもつらい。たとえエルナンの時間が有り余っているからといって、無駄な時間をいつまでも過ごさせていいはずもない。

溜め息をついて、レインは顔を上げた。

「俺がなにがあっても、絶対におまえを恋人として受け入れない、と言ったら、どうする？」

「絶対はないだろ？　何百年か後には気が変わってるかもしれない」

「だから、絶対があるとしてだ」

普段よりもきつい口調のためか、エルナンは少し意外そうにしながらも少し黙り込んだ。言われて初めて「受け入れない可能性」を考えたらしい。

「……最後まで諦めずに、愛してるって言い続けるかな。たとえ受け入れてもらえなくても、レインから離れるなんて考えられない。鬱陶しいと思われたら、もう少し距離は置くだろうが、基本的には変わらないだろうな」

「じゃあ俺が、黙ってそばにいろって言ったら？」

愛の言葉も褒め言葉もいっさい口にせず、もちろん恋人としての行為もいっさいなく、一生そばにいろと言ったら――。

あり得ないほど傲慢《ごうまん》な話だとレイン自身が笑いたくなった。なのにエルナンは至極真面目な顔で、さも当然だとばかりに言うのだ。

「いるに決まってるだろ」

「……馬鹿だな」

「そうか？」

首を傾《かし》げるしぐさは昔と変わらず、それでいて印象がまったく違った。

思わず手を伸ばし、エルナンの頬に触れる。子供の頃の丸みがまったくなくなった頬は、触れた感触も当然のように違う。

彼に男らしい色気があるのは間違いない。ラーシュのような完璧な造作ではないし、カイルのように思わず見とれるような男らしい美貌《びぼう》の持ち主でもない。だが充分に整った顔立ちと、人を魅了する雰囲気のようなものが、エルナンには確かにある。蝶が蜜を含んだ花に引き寄せられるように、気がついたら囚われている、ということもありそうだ。

そんな男になったエルナンだが、このきれいな鳶色の瞳は昔のままだった。

ふとそう思い、我に返って慌てて手を引っ込めようとしたが、エルナンに手をつかまれて阻止《そし》されてしまった。

「俺に触るのはいやか？」

「違う」

むしろ逆だと思いながらレインはかぶりを振った。手は強く握られたままで、一向に放してもらえる気配はなかった。

「まだいまの俺を認められないのか？」

「誰が認めてないなんて言った？　同じだろ。昔のおまえも、いまのおまえも、俺にとって唯一ってことは、変わらない」

どれだけ味方ができようと、無条件に手をさしのべてくれる仲間ができようと、それは変わらなかった。エルナンがバル・ナシュでもそうでなくても、レインにとって存在の大きさは同じなのだ。

あるいはレインも、バル・ナシュの本能という点では薄いのかもしれない。同族を裏切ることはできないはずだが、エルナンのためならば、できてしまいそうな気がしてならなかった。これが自分だけの感覚なのか、唯一の存在を見つけた者だからなのか、それすらわからないのだ。

「自分が特別だったのは知ってる……でも不安なんだ。さっきのあんたは、まるであの頃みたいな顔をしてた」

「どんな……？」

動揺が声に出ないように、努めて冷静に問いかける。無視して流してしまうには、あまりにもエルナンの表情が悲痛だったのだ。

「自分自身を否定してるような、張り詰めていまにも切れちまいそうな……俺が一番見たくなかった顔だ」

「エルナン……」

「俺は……あんたになんて言って謝ったらいいのか、わからない。俺はあんたがすり減っていくのを一番近くで見てたのに、救えなかった。逃がしてやるどころか、俺自身があんたの足枷だったんだもんな」

「そんなことない……！　おまえを枷だなんて思ったことは一度もなかった。言っただろ？　おまえがいたから、俺は生きてたんだ」

「それでもあんたは、ずっと苦しんでたじゃないか。傷ついて、自分を卑下《ひげ》して嫌悪して……！　だから、あんたの分まであんたを愛したかった。それで、いつかあんたを助け出そうって誓った。でも、あんたは目の前で……」

つらそうに、悔しそうに、エルナンは一言一言を絞《しぼ》り出すように吐き出した。どれだけ彼がそれを口惜《くちお》しく感じ続けてきたのか、レインが死んだと思ってからずっと苦しんできたか、痛いほど伝わってくる。

そしていまさらながらにレインは知った。当時のエルナンが彼自身の立場を正しく理解していたことを。

豪華な部屋と食事を与えられ、きれいな服を着せられていても、レインがけっして大切にされていたわけじゃないことを、子供ながらにわかっていたのだ。

「みるみるあんたがやせていって……病気なんだって、わかって……怖かったよ。毎日、朝が来るたびに、おはようって笑ってくれるあんたを見て、ほっとしてた。毎日、顔を見るまでは二度と起き出して来ないんじゃないかって、怯《おび》えてた」

「エルナン……」

さらに強くなった腕の力に、さまざまな思いが込められているように感じた。彼は当時から、レインが思っていたよりもずっと大人だったのだ。必死で不安を押し隠し、レインを癒やす笑顔を浮かべていたくらいに。

当時の彼が、自分を責めるようなことを言わず、なにも知らないような顔をして笑っていたのは、なにもできないことをいやというほど知っていたからだろう。エルナンが気に病んでいると知れば、余計にレインが精神的に余裕をなくすとわかっていたのだ。

「……触れても、いいか？」

一度くらいは、かまわないだろうか。この身体はもう新しいものだから、誰にも――エルナン以外にはキスさえ許してこなかったから、頬に触れるくらいは許されるだろうか。

ムッとする顔に、恐る恐る手を伸ばす。握られていた手はそれでも離れていかず、むしろレインを助けるように動いた。

「当たり前だろ」

少しそげた頬は大人の男を感じさせる。包み込んでいる大きな手もそうだ。

言いようのない愛おしさが込み上げた。どんなに姿が変わろうと、見た目の年がレインを越してしまおうと、彼が大切な愛し子であることは変わらない。

「おまえはきれいだから、俺が触れちゃいけないんだと、ずっと思ってた」

もちろん接触は何度もあったし、手を引いたり背中をさすったりということはしてきた。だが家族や身内以外の意味でエルナンに触れるのは、レインにとってタブーだったのだ。

「俺はあんたが思ってるような人間じゃない。レインのほうがずっときれいだ」

「あの頃のことを知らないから、そんなことが言えるんだよ。俺はただあの男に囲われて、セックスの相手になってただけじゃない。いろんな男を、身体で接待させられてたんだ。それも一人や二人じゃない。覚えてもいないくらいの人数だ。一度に何人も相手にしたことだってあった」

「……知ってたよ」

「え……」

ひどく苦しそうな顔で告げられた言葉に、レインは愕然とした。

「当時から、わかってたんだ。薬漬けにされてたことも……。だがレインは俺に知られたくなかったんだろ？　だから、なにも知らないふりをしてた」

「そん……な……」

「でも、汚いなんて思ったことは一度もない。レインはいつだって、きれいだった。あのときも、いまも、変わらない」

「嘘だ……」

レインは震える声で呟き、かぶりを振った。

新しいまっさらな身体にはなったものの、記憶は色濃く残っている。思い出すだけで吐き気がしそうだった。汚らわしくておぞましい、あの当時の自分が、きれいなはずがなかった。

「それに、ろくでもねぇのは俺のほうだ」

「どういう意味……」

「俺はずっとあんたの面影を追い求めてた。どういうことか、わかるか？　遺体を捜すだけじゃない。俺はあんたに似たやつを見つけては、あんただと思うようにして抱いてきたんだ。もちろんそっくりなやつなんていない。ただ髪が黒くて目が青いとか、背格好が似てるとか、目元だけ似てるとか……その程度だ。それでも、やめられなかった」

いつの間にかレインの手はエルナンによって彼の口元まで運ばれていて、許しを請うようにしてくちづけられた。

思ってもみなかった告白に、ただその様子を見つめることしかできなかった。

「最初の相手から、ずっとそうだった。しかも最低なことに、俺はあんたの顔や声を思い出しながらでないと、いけないんだ」

「な……」

「一人でやるときも、そうだ。レインでしか、だめなんだよ。もう数え切れないくらい、頭のなかであんたをぐちゃぐちゃに犯してる。身体中キスして舐《な》めて、とろとろになるまで喘《あえ》がせて、俺のを舐めてもらって、いろんな体位で泣くまで責めて……覚えてないくらいのシチュエーションでやったさ。あんたが、昔どんな目に遭ってたか知ってて、そんなことを妄想してた。最低だろ？」

レインは黙ってかぶりを振ったが、エルナンは苦い顔のまま、さらに続けた。

「おまけに再会してすぐ押し倒したし、いまだって恋人になって俺に抱かれてくれって、しつこく言い続けてる」

「……俺が、セックスを怖がってるのは確かだ。でも怖いのは、行為そのものじゃない」

「男が怖いのか？」

「それも……少しある。でもそれより怖いのは、快楽だ。理性を失って、溺れて、浅ましく感じるのがいやなんだ……俺の身体は、そういう身体なんだ」

死ぬ少し前までは日常的だったそれが、いまはなによりも怖い。バル・ナシュ同士のセックスは快楽が深く激しいと聞くから余計にだ。かつての経験のせいで、レインはそもそもセックス自体が好きではないのだ。

「レイン、あれは薬のせいだ。あんたがそういう性質だったわけじゃない」

「でもバル・ナシュ同士のセックスは……」

「ラーシュに聞いた話だと、同族同士なら誰でもイイのかというと、そうでもないらしいぞ」

普通の人間とするよりはいいが、通常のセックスと同じように、お互いがいかにそれを楽しめるか、あるいは喜びを感じるかが、大きく影響するという。ようするに精神面の影響が強いということだ。

「そうなのか……？」

「誰とも寝なかったのは、怖いからだったんだな」

「違う。そもそも寝たいと思えるような相手がいなかっただけだ」

とっさに否定すると、エルナンはひどく嬉しそうな顔をした。

「それは……つまり、快楽とか怖いとかを考えるくらいには、俺を意識してるってことだよな？」

「っ……」

思わず息を呑み、なかば茫然とエルナンの顔を見つめる。言われて初めて、たったいまレインは自覚したのだ。

エルナンだけを、意識していた。ほかに何人もレインを口説いたり誘ったりした者はいたが、誰に対してもその先を考えることはなかったというのに。たとえエルナンほど熱心ではなかったにしろ、この違いはそのままレインの気持ちの違いだ。

いつの間にか――いや、きっとエルナンと再会したときから、レインは彼に抱かれる自分というものを自然に考えていた。

レインを見つめる目が、嬉しそうに細められる。

「愛してる、レイン」

耳元で囁《ささや》く声にはっとしたときには、腕のなかにすっぽりと抱き込まれていた。

もう何度目かもわからない愛の告白なのに、ひどく胸が高まってしまう。自覚した直後だからなのか、それともある種の予感を覚えているせいなのか。

「レインも、俺のこと好きだろ？　抱かれてもいいって、思うくらいに……」

言葉にすれば、つまりそういうことだった。レインはエルナンに惹《ひ》かれていたし、彼とともにありたいと思っていた。抱かれることも、無意識に考えていたくらいに。

「……ああ」

「初めてだろ」

「なにが」

「抱かれてもいいと思う相手と、セックスするの」

するのは決定なのかと苦笑しながらも、拒否も否定もしなかった。それどころか、恋愛感情という意味で人を好きになったのも初めてだった。

「いろいろと、初めてだ」

「じゃあきっと大丈夫だな。嫌いなやつとか、どこの誰かもわからないやつにされるのと、俺にされるのと、同じはずないだろ？　それに、この身体は初めてだし」

「そうだ。誰のことも……知らない」

身体だけでも無垢《むく》になれてよかった。きれいな身体でエルナンを迎えられることが嬉しくて、自然と目元が柔らかくなる。

大きな手が目尻から頬を撫でていった。

「俺が抱くんだから、怖くない。どうしてもいやだったら、やめるから」

黙って頷いた途端に、ひょいと横抱きにされた。軽々とベッドへ運ぶエルナンを下から見上げ、少し緊張しているらしいと気がついた。もちろんレインほどではないだろうが。

特注の大きなベッドに下ろされて、最初にキスをされた。噛みつくようだった最初のキスとは違い、ついばむように何度も触れたあと、下唇を舐めて、自分の唇で挟むようにして愛撫してくる。

レインが誘うように口を少し開けると、ようやくぬるりと舌が入り込んだ。

「ん……」

歯列《しれつ》の付け根を舐めた舌先が、レインのそれに絡んでくる。

シャツのボタンを外す指はいかにも慣れていて、レインの知らない十数年を強く感じた。あっという間に外してしまうくせに、焦っている様子はないのだ。そしてキスがおざなりになることも、まったくなかった。

むしろ意識がキスから離れていたのはレインのほうで、気付いたエルナンは舌先を強く吸い、貪るようにして口腔を暴れまわった。

とろりと理性が溶け始めている。少しずつ、弱い熱で固まったものを緩めていくようだった。

自然とレインからも舌を絡め、つたないながらもキスに応じていく。初めてキスが気持ちいいと思えた。

やがて唇が離れたとき、無意識のうちに吐き出した息とも声ともつかないものは、熱を帯びて甘くなっていた。

同時にエルナンはレインの肌に手を這わせ、腹のあたりから胸へとゆっくり滑らせていく。ためらいがちに指先は胸の粒に触れ、最初は軽く撫でるだけの愛撫を始めた。

いじられた乳首は痼《しこ》り、そこに指や舌が絡められる。両方の胸をそれぞれいじられると、深い部分から痺《しび》れるような快感が這い上がってきた。

「っぁ……ん」

舌先で転がされ、あるいは指で捏《こ》ねられて、抑えられない声がもれた。どちらもやんわりとした刺激なのに、呼び起こされた感覚はけっして小さくはなかった。

甘い痺れが、指先にまで伝わっていく。

こんなふうに、丁寧《ていねい》に触れられたことなんかなかった。くすぐったいと感じるほどの愛撫は、少しずつ激しいものになっていくが、それはレインの様子を見ながら変えているのだろう。

そのままずいぶんと長く胸をいじられた。薄い色が赤くなり、軽く触れられただけでもびくっと震えるようになった頃、ようやくエルナンの声が聞こえた。

「きれいだ……レイン……」

どこかうっとりとしたような声だった。

返事のしようがなくて、あえて聞かないふりをする。半裸で喘いでいるさまをきれいだと言われても、困惑するばかりだった。

だが嬉しい、と少しでも思えるようになったのだから、レインの意識も変わりつつあるのかもしれない。

「全部脱がしていいか？」

「……エルナンも」

手を伸ばして見つめると、いきなりがばっと抱きしめられた。言っていることとやっていることが、どうにもちぐはぐだ。理由はすぐにわかった。

「色っぽい顔……そんな目で見られたら、止まらなくなる」

「止めなくていい。最後まで……してくれ」

このまますべての記憶を、エルナンとの行為で塗りつぶしてしまいたかった。キスも、胸への愛撫も、レインの知らない触れ方ばかりだったから。

自分からも腕をまわして広い背中に抱きつくと、倒れ込むようにしてベッドに押し倒された。服をすべて脱がされ、レインも手伝いながらエルナンも全裸にした。

思っていた以上にたくましい身体に、思わず目を逸らしてしまった。さすがに身体は昔の面影などどこにもなかった。

無意識に手が上がり、厚い胸板に触れていた。

「俺に欲情した？」

冗談めかした言葉に、レインは黙って頷いた。確かにいま、この身体に触れたいと思った。抱きしめて、重なり合いたいと。

そんな自分を、ためらいもなく肯定できた。

「一緒だ。でも俺のほうが相当欲情してるな。なにしろ、ざっと十五年分の欲望だから」

肌の上を滑る手が心地いい。うっとりと目を閉じ、撫でられる感覚に酔いながら、エルナンの声を聞いていた。

胸に触られると小さく身体が跳ね、せつないほどの甘さに包まれる。だがすぐに手は腹へと滑っていき、脇腹を撫で、腰骨のあたりで少し遊んだ。

ただそれだけでも、いちいち声が出てしまう。思いがけないところにレインの性感帯はいくつもあったようだ。

触れられたところから、次々と快感が生まれて、それが全身に広がっていく気がした。

「脚、もう少し開いて」

言われるまま膝を少しだけ割ると、両膝に手をかけられ、かなり大きく開かされた。

「やっ……」

いまさら恥じらいなど滑稽なだけだと冷静な部分で思うのに、エルナンが相手だとまったく気持ちが違う。恥ずかしくて、とても目を開けていられなかった。

「可愛いな、レインは」

「余計なことは言わなくていいっ……」

「悪いけど、それは聞けない」

くすりと笑い、エルナンはレインの中心に手を伸ばす。胸やあちこちへの愛撫で反応しつつあったそれを、大きな手がそっと包み込む。

緩やかに動かし始めると同時に、すっぽりと口に含まれてしまう。

「あぁ……っ」

悲鳴じみた声を上げ、レインは軽くのけぞった。上下に動くエルナンの頭を見る余裕なんてなかった。腰から身体が溶けていきそうだった。

ただ自分の声がひどく耳障りで、指の背を噛んだ。声を上げまいとしても、きっと抑えられないだろうと思ったからだ。それほど身体はエルナンの愛撫に感じてしまっている。

温かな口腔に包まれ、扱《しご》き上げられて、いやらしく舌に絡みつかれた。

指先にすら力は入らなくなって、レインはベッドの上で悶《もだ》え、くぐもった喘ぎをこぼした。

「レイン」

「ふっ……う……」

「さっきみたいに可愛い声、聞かせて」

そっと手を握られて、舌先に唇の端を舐められる。噛むなと、力を入れるなと、言外《げんがい》に告げているのだ。

だめだとかぶりを振ると、口元にあった手を舐められ、指先をしゃぶられた。指に舌が絡んで、それだけでもたまらなく感じてしまう。

ごく自然に、レインの手は口から離されていた。

「俺へのご褒美《ほうび》なんだからさ」

「なに言って……」

「全部、俺に見せて、聞かせてくれ」

すべてをさらけ出すことをエルナンは望んでいる。彼がレインという存在に飢えていたことを知っているから、この願いを拒否することはできなかった。

「どうすればいい？」

「感じたまま、声出してくれればいい。気持ちよかったら、そう言って。我慢しないで、俺になにも隠さないで」

それをエルナンが望むならと、小さく頷く。

手のなかに捉えられたものが緩やかに扱かれ、レインは言われたように、感じるまま声を上げ、肌を震わせた。

焦《じ》らすように少しずつ、肩から胸、腹から腰へとキスしていったエルナンは、ふたたびレインのものにくちづけ、舌を寄せていった。

巧みな舌技《ぜつぎ》に、レインはたちまち追い詰められた。初めてのはずのこの身体なのに、反応はすでに開発されたそれだ。バル・ナシュへの再生は、やはり以前の特性がそのまま残るものらしい。

身体の内側に溜まった快楽という熱が、出口を求めて渦巻いている。解放されたいような、そうでないような、ひどくはっきりしない感覚のなか、レインは限界を迎えた。

「ん、もう……い、く……っ」

「いいよ。いって」

舌先で先端を突かれたあと、強く吸われて全身を衝撃にも似た快感が走り抜ける。

「ぁああっ……！」

泣き声に近い嬌声《きょうせい》とともに、レインは白いものを吐き出して果てたが、それはすべてエルナンが飲み込んでしまう。

飲まれたことにも気付かず、放心状態で横たわるレインに、エルナンは愛おしそうに微笑みかけた。

手のひらで腰を撫でられただけでもびくびくと感じてしまい、小さな声が上がる。ぼんやりと高い天井を見つめているうちに、エルナンは腿《もも》の内側にキスをし、いくつも痕《あと》をつけてから、舌先を最奥《さいおう》に寄せた。

「んっ、う……」

ぴちゃりと舌先が触れ、硬い窄《すぼ》まりを解《ほぐ》すように動いていく。柔らかで弾力のある舌で舐められると、もどかしいほどの疼《うず》きを感じてしまう。

エルナンにこんなことをされているなんて、恥ずかしくてたまらなかった。だが彼の好きにさせたくて、制止の言葉も抵抗も封じ、溶けそうな気持ちよさにひたすら耐えた。

鼻にかかった声は、自分でも甘ったるく聞こえる。エルナンの愛撫のすべてが、レインにとってはたまらない快感だった。

やがて充分に舐め解したところへ、長い指が入り込んできた。

「うっ、ん……あん……」

とてもじっとしていられなかった。舌が蠢《うごめ》くたびに、あるいは入り込んだ指が動くたびに、こらえきれない喘ぎ声が部屋に響く。

出し入れされる指にあわせて、自然と腰が揺れていた。

指を増やすごとに時間をかけて馴染まされ、レインは三本も指を呑み込むことになった。それがなかでバラバラに動くから、腰を捩《よじ》って喘ぐことしかできない。

一応「初めて」だから慎重になっているのか、エルナンの愛撫はずいぶんと丁寧だ。ときどきレインの状態を確かめるように声もかけてくる。

「そんなにしなくても……大丈夫だ」

「俺がしたくてしてるんだよ。触れるところは全部触りたいからな」

それが嬉しいのだとエルナンは艶っぽい顔で言うと、含ませた指を折り曲げて、探るようにして内《ない》壁《へき》を撫でた。

「うぁ……っ……」

びくんと大きく全身が震えた。電流を当てられたように感じる場所は知っている。レインを悶えさせるためだけに、何度そこを責められたかわからなかった。

記憶がレインの身を固くさせたが、エルナンはそれを察すると、宥《なだ》めるようにして腿の内側にキスをして、大丈夫だと囁いた。

そうだ、相手はエルナンなのだ。なにも嫌悪することはないし、怖がることもない。撫でるようにして何度もそこを突かれて、泣きたくなるような強い快感に見舞われても、昔のようにひどい絶望感は襲ってこなかった。

「あっ、また……来る……っ」

「いくときの顔、可愛いから」

理由にもならないことを口走り、エルナンは弱い部分を強く刺激する。途端にレインは一気に高みまで押し上げられた。

さっきよりも大きな絶頂感に、一瞬意識が飛びそうになった。身体にはもう力が入らないし、肌は空気に触れてぴりぴりするほど敏感になっている。

呑み込んだ三本の指が、ようやく引き抜かれていくが、そのときの感触にさえもレインは喘いでしまった。

キスで始まってから、もうずいぶんと時間がたっていた。レインの知るセックスとは、こんなところも違った。かつての飼い主や客たちは、前戯《ぜんぎ》もそこそこにすぐに挿入したがったし、いろいろなところを触るのも、レインを喜ばせるためや慣らすためではなく、ただ触りたいから触っているという感じだった。

「ゆっくり、な」

力なく投げ出されていた脚を抱えられ、腰がシーツから浮いた。

両脚を抱えられた状態で、レインのものが最奥に当たる。軽く入り口の部分を突いたあと、エルナンはじりじりと入ってきた。

　この身体にとってはなにもかもが初めてでも、記憶としてはそうじゃない。楽に受け入れられる姿勢も、快楽の追い方も、まだ忘れてはいなかった。

「痛くないか？」

「大丈、夫……」

　痛みも苦しさもない。あるのは満たされていくという実感だけだ。男が身体のなかに入ってくるというのに、犯されるのではなく抱かれるのだと思ったのは初めてだった。

　指よりもはるかに太いものが、奥へ奥へと進んでくる。エルナンのもので、いっぱいになる。

　やがて深くまでたどり着くと、エルナンは間を置かずに動き出した。じっくりと時間をかけたものの、もはや彼自身が限界だったらしい。

「あぁっ……ん、ん……っ」

　引き出されていく感触に総毛立《そうけだ》ち、突き上げられて声を上げる。深く浅くそうやって穿《うが》たれて、レインの身体はたちまち快感に支配された。濡れた声がひっきりなしにもれ、理性が徐々に浸食されていく。

　それはかつてレインが味わった快感とはまったく違っていた。同じように激しいのに、心にまで届くように深く、そしてどこか甘かった。

奪われるだけの行為との違いなのか、バル・ナシュという種の問題なのか。それとも、単純に相手の違いなのか――。

はっきりと言えることは、薬による強制的な快楽は強烈ではあるがそれだけだった、ということだ。おかしくなりそうな快楽に泣かされる日々ではあったが、それはけっして「気持ちがいい」ものではなかったのだ。心が身体に追いついて、初めて快感は気持ちがいいものになるのだと知った。

あの頃は感じれば感じるほど、心が冷えて固まって、死にたいとさえ思っていたのに、いまは胸が押しつぶされそうなほどの甘い感情に支配されている。

これが抱かれる喜びなのかと、ぼんやり思った。

怖いことなど、なにもなかった。あるのは充足感と、ひたすらの快楽だ。溶けてしまいそうな感覚さえもまったく怖いとは思わなかった。

溺れそうになったらエルナンにしがみつけばいい。溶けてしまうなら、一緒にエルナンも溶けるはずだから、まじりあってしまえばいい。

犯されているのではなく、抱かれている。自然とそう思った。

やがて律動は速くなり、レインの声も追い詰められたものになる。

「あああっ……！」

強く突き上げられ、その瞬間に頭のなかはまた真っ白になった。

びくびくと腰や内腿が痙攣《けいれん》し、余韻が去って行かない。

はぁはぁと息を乱し、ベッドに身を投げ出しているレインにかまわず、まだ終わっていなかったエルナンはさらに容赦《ようしゃ》のない突き上げを再開させた。

気持ちがよくてどうしようもなくて、レインはエルナンの背に縋る。

声が止まらなかった。

「いやっ、ぁ……ん、そこ……ぁあ、んっ」

「気持ちいい？」

「あっ、い……いいっ……あ、あっ……」

溶けるかと思うほどに気持ちがよくて、上げる声も甘いばかりのものになる。奥まで突いて、ぐちゃぐちゃにして欲しいと思った。

エルナンの熱に溶かされるならば本望だった。

「レイン……もう、身代わり……なんかじゃ、無理だ」

本物を知ってしまったから、二度とほかの者ではだめだという。たとえどれほど似た人物が現れようとも。

耳元でそんな囁きが聞こえた。レインだって、身代わりなんか抱かせたくない。そう言いたくて、背中を強く抱いた。

縋るようなしぐさがエルナンを煽《あお》り、穿つ勢いが激しくなった。

わけがわからなくなる。思考する力はとっくに手放してしまい、レインはただ喘ぎながら身悶えることしかできなかった。

「俺のこと満たして」

甘ったるく懇願《こんがん》する声に、わけもわからず何度も頷いた。声は耳に入っていたが、意味まではわからず、ただ与えられる快感に酔っていた。

「あぁっ……ん、気持ち、いい……もっ、と……もっと、して……っ」

ぐちゃぐちゃに壊して欲しいと望んでいる自分を、少しも不思議だとは思わなかった。エルナンにならばそうして欲しかった。

弱いところを抉《えぐ》られて、レインは泣きながらよがり、自らも腰を振った。

四度目の絶頂は、それからすぐにやってきた。深いところを何度も激しく責められて、あっけなくレインは追い詰められてしまった。生まれ変わったはずのこの身体は、信じられないほど快楽に弱く、理性なんてもうなんの役にも立たなかった。

「ん、ん――っ……！」

唇を塞がれ、甘い悲鳴はキスに飲み込まれた。

意識は半分飛んでいるのに、感覚だけはやけに強くて生々しい。無意識に身体はエルナンを締め付けていて、彼の欲望が弾けるのもはっきりとわかった。

断続的に注がれるものが、たまらなく愛おしく感じられた。男の精をなかに出されるのは死ぬほどいやだったはずなのに、いまレインは言いようもない充足感に包まれている。

エルナンが深く吐息をもらした頃には、レインはぐったりとベッドに沈み込んでいた。絶頂の余韻《よいん》はまだ引かず、びくびくと痙攣し続けている。体力を根こそぎ奪われたかのように、自分の意思では指先一つ動かせないのに。

それでも回復するのに、さほど時間はかかるまい。これがバル・ナシュの身体なのだ。

耳元で、エルナンがまた囁いた。

「この身体、便利だな。いくらだって、できそうだ」

恐ろしいことをさらりと言うエルナンを見つめると、無言で微笑まれた。冗談でもなんでもなく、本気なのだ。

あんなに深い快楽に、また引きずり込まれるのか。

ぞくんと背筋が震えたが、それは嫌悪でも恐怖でもなく、おそらくは期待だった。あれほど恐れていたものを、レインはまた欲しくてたまらなくなっている。

だからといって自分からそんなことは言えないから、逃げるように顔をそむけ、目をつぶってしまった。

「いやなら、やめるよ」

「…………」

問いかけの返事は、伸ばされた両腕だ。レインはエルナンの背中に手をまわし、わずかにだが自分に引き寄せた。

目を閉じていても、エルナンが嬉しそうに笑ったのがわかる。

「愛してる、レイン……」

「っぁ……」

耳元で囁かれた声すらも愛撫の一つだった。ぞくぞくと這い上がるのは歓喜を帯びた快感で、ひたすらに甘くレインを蕩《とろ》けさせていく。

深く繋がったままエルナンはレインの腰をつかみ、なかをかきまわすようにして動き始めた。

「ああっ……ん、ぁ……」

些細な動きにも、ひどく感じてしまう。自分でも信じられないほど過敏で、たとえば軽く腰を撫でられただけでも快感が指先まで走り抜けていく。

気持ちがよくて、よくてたまらなくて、逃げ出したいほどなのに、同じくらい囚われていたいと思ってしまう。

「んっ、んぁ……エル、ナン……」

「うん？」

耳元に寄せられた舌がそっと耳朶《じだ》を舐め、孔《あな》にまで入って来る。

「や……ぅ、んっ……」

「耳も弱いんだな」

「しゃべるな……っ」

囁くような声でも、息がかかるだけでぞくぞくと背筋が震える。もはやエルナンのすべてのことが快楽に繋がってしまうのだ。

くすりと笑い、エルナンは揺すり上げるようにして後ろを何度も突いて、同時に指先で乳首をぐりぐりと摘まんだ。

「ひっ、ぁあ……っ、いや……ぁ……」

「可愛い……」

うっとりとこぼした呟きに、反応する余裕なんてなかった。正気ならば、即座に否定していただろうけれども。

それから間もなく抱きしめられたまま引き起こされて、両脚を抱えられた格好で揺さぶられた。容赦のない突き上げと、身体を上下に動かされるという責めに、レインは泣きじゃくりながらエルナンの首にしがみつくことになった。

レインの身体など、エルナンにとっては軽々と扱えるものなのだ。その事実を、身をもって思い知らされた。

揺さぶられ、ぐちゃぐちゃになかをかきまわされているうちに、強い感覚が腰の深いところから急速に這い上がってきた。

膝ががくがくと震えて、わけもなく怖くなる。

「あ、やっ……ぁ、あぁっ……！」

それは悲鳴を上げてしまうほどの絶頂感だった。腰の奥からぶわっと膨《ふく》れ上がる、熱のような激しい快感が、頭の先まで突き上げていく。

頭のなかは真っ白で、なのに感覚だけは過ぎるほどに鋭敏だった。波は次から次へと押し寄せ、レインを快楽の渦のなかに叩き込んでいった。

全身を痙攣させ、泣きながら声を上げても、絶頂感は治まらなかった。もう自分の力でエルナンに縋り付いていることもできなくなり、気がつかないうちにベッドに戻されていた。

「気持ちいい……？」

言われた意味がわからなかった。というよりも、声は耳に届いているが、いまのレインには言葉として聞くことができないのだ。

エルナンはふっと笑みをこぼし、ゆるゆるとレインのなかを突き上げる。そのたびに新たな波が襲ってきて、もうおかしくなってしまいそうだった。

こんな経験をしたことはなかった。薬でおかしくさせられていたときでさえ、ここまで絶頂を繰り返すことはなかったはずだ。そのくせ、高まったままのレインのものは、欲望を吐き出すこともなく張り詰めたままだ。

気が遠くなるほど長く、立て続けにいかされた。波と波のあいだも身悶えるほど気持ちがよくてたまらない。

どれだけ喘がされても、声は枯れなかった。内蔵ごと引き出されるんじゃないかと思うほど後ろを責められても、バル・ナシュの身体ではそんなこともなく、いつまでもいつまでも甘い責め苦に苛《さいな》まれ続けた。

かつて薬を使われたときなんかよりも、ずっと淫靡《いんび》で濃密な快楽だ。噎《む》せかえりそうなほどの甘さと、胸を震わすほどの幸福感があった。

「ひぁっ、う……っん……」

ふたたびエルナンの精を身の内に受けながら、レインはぼんやりと思う。

このまま、死ぬまで繋がっていられたらいいのに。ずっと、このまま離さないでいてくれたら――。

気付いてしまった欲望は、レイン自身も戸惑うほどに果てがない。これが元からあったものなのか、バル・ナシュの本能の一部なのかは、よくわからなかった。

2. エルナン

少し眠っていたらしい。ちらりと時計を見ると、ほんの三十分ほどだった。

大きな掃き出し窓にはカーテンがかかっておらず、きれいな月がよく見える。月光に照らし出されるレインの肌は美しく、思わず肩にキスを落としていた。

ぴくり、とレインが小さく反応する。どうやらレインは眠ってはいなかったようだ。エルナンが眠っているあいだもおとなしく息をひそめていたのだろうか。

単純に動けなかったのかもしれない。なにしろエルナンはレインを背中からしっかりと抱きしめたままだし、身体も繋いだままなのだから。

「レイン……」

腕のなかでおとなしくしている愛しい人を見つめ、思わず目を細める。

いつでも続きを始められるが、少しのあいだこの雰囲気を楽しむのも悪くないだろう。シーツの乱れ具合も汚れも、どうでもいいと思えた。

これほど満ち足りた気分になったのは、生まれて初めてだ。

子供の頃から焦がれてやまなかったレインを、エルナンはようやく手に入れることができた。永遠に失ってしまったと絶望し、それでも忘れることができなかった、ただ一人の愛しい人を。

夢にまで見た、というのは大げさな表現ではない。この十数年間、何度レインを抱く夢を見たかわからないのだ。

そして実際に抱いたレインは、夢よりも想像よりもずっと美しかった。

何度抱いても、気がすむということはない。次から次へと底なしの欲望が湧いてきて、エルナンを突き動かした。

「眠れないのか？」

「…………」

さっきからずっと黙り込んでいるのは、彼のなかに、まだいろいろな戸惑いや葛藤《かっとう》があるせいだろう。嵐のような時間が過ぎ去って、理性を取り戻したいま、羞恥心《しゅうちしん》が強いのかもしれない。

だから無理に話をしようとは思っていなかった。返事をしない、あるいはしたくないのなら、それでいい。追い詰めてへそを曲げられたり意固地《いこじ》になられたら非常に困る。宥めるのも楽しそうだが、ここはそっとしておくことにした。

とはいえ、ここに至るまでは自分でも感心するほどの激しくも濃厚な時間を過ごしたから、そっとしておくといってもいまさらだとは思う。そもそもこの体勢では説得力もなにもあったものではなかったが。

「身体、大丈夫か？」

小さく頷くだけの返事に、ほっとする。バル・ナシュだから問題はないだろうとは思っているが、やはり気にはなっていたのだ。

歯止めがきかなかったのは反省している。だが後悔はない。たとえ、昼頃から始めて、いまが真夜中と呼ばれる時間だろうとも――。

（止められるわけがない）

積年の思いや受け入れてもらえた喜びは、一度や二度の行為で落ち着くものではなかった。普通の人間ならばそれでも限度というものがあるだろうが、バル・ナシュは比較にならないほど身体が保《も》つのだ。それは受け入れる側も同様で、いくら酷使しても後ろが腫《は》れたりするようなことはなかった。キスマークがすぐ消えてしまうところは不満だが、いくらでも交わっていられるというメリットは大きい。少なくともエルナンにとっては。

そして噂に聞いていた通り、バル・ナシュ同士のセックスは格別だった。いや、これは相手がレインだからこその相乗効果なのかもしれないが。

思い出しただけでもまた身体が熱くなりそうだ。

甘くて柔らかな唇と、舌。手に吸い付くような白い肌に、バランスの取れたしなやかな身体は、どこもかしこもきれいで、愛撫をすれば驚くほど感じやすい。上げる声は耳に心地よく、もっと聞きたくなってしまうし、快感に歪む表情はたまらなく艶っぽくて、くねらせる身体の線はなまめかしかった。いくときの媚態も、その後の無防備な色香も、すべてがエルナンの官能を刺激し、煽り立ててやまない。

レインの反応を感じながらのセックスは、それまで味わったことがないほどの快楽をエルナンにもたらした。まるで麻薬のようにエルナンを溺れさせ、理性を食い破った。

(確かに、はまる……)

この島のあちこちで乱交まがいの交流があるというのも納得だった。ますますレインへの邪《よこしま》な視線には警戒しなくてはならないだろう。

本当は誰の目にも触れさせたくないが、無理なこともわかっている。なるべく一緒にいて、牽制するくらいしかできないのがもどかしかった。

とにかくできる限り、そばにいなくては。明日――いやもう今日だが、部屋を移ることをクラウスに言おうと決める。カイルたちと同じように一つの部屋で生活すれば、周囲にも自分たちの関係をアピールできるし、危険も減る。

そしてゆくゆくは自分たちもパートナー申請をできれば、と思っている。

「今日はもうしない。眠ろう」

しっかりと抱きしめたまま囁くと、しばらくして戸惑ったような声が聞こえてきた。

「……このまま……?」

「レインが言ったんだよ。ずっとこのままがいいって」

「え……あっ」

思い出したのか、背後からでもわかるほどにレインは真っ赤になった。耳も首のあたりも赤くなっている。

「ヤバい、可愛い……」

レインの反応はダイレクトに欲望を刺激した。当然繋がったままのレインにもわかり、ひどくうろたえていた。

したいのはやまやまだが、一度ではすまないという妙な確信がある。せっかく静まって、いい雰囲気になっていたのだから、いまはなんとか鎮《しず》めて眠ろう。あまりにもしつこくして、レインにいやがられては元も子もない。

「抜くよ」

「っぁ……ん」

ゆっくりと自らを引き出していくと、細い身体は小さく震えた。鼻にかかったような声もたまらないが、ここは我慢だ。

自分で口を押さえたレインを抱え直し、今度は正面から抱きしめる。もちろん手は外させ、軽く触れるだけのキスをした。

長いまつげが伏せられると、エルナンは髪を払って白皙《はくせき》の美貌をあらわにした。

「きれいだ……」

初めて彼に会ったときの衝撃は、いまでもはっきりと覚えている。当時のレインは十五歳だったから、もちろんそのときより少しは大人びているが。

「それに、可愛い」

「馬鹿。そんなはずないだろ」

「可愛いよ。誰よりも可愛くて、きれいだ」

誰がなんと言おうと、それがエルナンにとって事実なのだから仕方ない。たとえ本人にでも、否定できないことだ。

五歳のときから、レインはエルナンのすべてだった。いまではその時点から自分の人生はスタートしたのだと思っているくらいだ。

幼い頃に森で発見されたというレインとは違い、エルナンの身元ははっきりしている。だが両親のことはうっすらとしか覚えておらず、その後世話になった人たちのことも記憶はおぼろげだ。データとして残っている事実によると、両親は自動車事故で命を落とし、エルナンだけが奇跡的に助かったという。三歳のときらしい。

引き取られた施設で四歳まで過ごした頃、エルナンは施設から出ることになった。養父母になったのは身元の確かな夫婦だったが、彼らは裏で犯罪組織のボスとも言える人物と繋がっており、エルナンを引き取ったのもボスの指示でしかなかった。

新しい家族ができると言われたときも、実際に会って話をしたときも、エルナンは少しも期待していなかったし、実際そういう態度を取っていたはずだ。だが慈愛に満ちた顔の夫婦は、時間をかけて親子になっていきましょうと言い、後日エルナンを引き取った。当然審査もあったはずだが、表向きは社会的地位もある人物たちだったので、問題はないと判断された。

夫婦の元で一年近く過ごしたあとに、例のボスの屋敷へと連れて行かれたのだ。夫婦は仕事の都合で別の州に移り住むことになっていて、それ以来一度も会ってはいない。

どうでもいい話だ。かりそめの養父母の顔など、とっくに忘れたし、当時名乗っていた姓すら、もう過去のものになった。

レインがエルナンを連れて逃げ出し、撃たれてしまった事件のあと、すべてが明るみになって、大量の逮捕者が出た。逮捕者のなかには養父母も含まれていて、その後、養子縁組は解消――というよりも無効とされた。

事件のあとしばらく、レインとエルナンが監禁されていた件は連日メディアを賑《にぎ》わせていた。容疑者が地位のある人物ばかりだったのと、被害者の性別が男だったというのが原因だろう。かなりセンセーショナルな事件として扱われていたのを覚えている。エルナンの名と顔は伏せられたが、レインはすでに成人していたこともあり、顔写真付きで連日取り上げられた。彼の美貌がさらに人の興味に拍車をかけたのは間違いなかった。

当時のことを思い出すと、口のなかに苦いものが広がる。まるでレインが見世物《みせもの》になったようで、たまらなかったからだ。やめてくれと訴えたが、レインの遺体が発見されていなかった――つまり行方不明だったことが、写真の公開に正当性を与えてしまったのだ。公開捜査の名のもとに、レインは施設にいた頃の名前で晒《さら》し者になった。

レインは何度も傷つけられてきた。彼が知らないところでも、繰り返し何度も。

やっと眠ったらしいレインを抱きしめ、エルナンはきつく目を閉じた。

クラウスやカイルに聞いたところによると、最も世間が騒いでいた頃、当のレインは深い眠りのなかにいたという。目覚めたときには収まっていたし、すぐにコルタシアに発ってしまったので、騒動のことは話として知っているだけらしい。

そっと絹糸のような髪を撫でる。

（もう、二度と……苦しませない……）

以前の生で、レインはすべてを一人で背負って逝《い》ってしまった。命を賭《か》けて、エルナンが同じ運命をたどらないようにしてくれたのだ。

エルナンの腕にすっぽりと収まってしまうような細い身体なのに。

不安にかられ、呼吸を確かめてしまうのは、一度失ったという恐怖のためだろうか。規則正しい息を確かめ、わずかに目を細めた。

長いまつげに触れたくて仕方ないが、起こしてしまいそうだから諦める。

こうしていると、自分が最初に呼ぼうとした名のお姫さまを思い出してしまう。

初めて会ったとき、彼が男だとは思わなかったのだ。童話のなかのお姫さまのようだと本気で思った。養父母は周囲にあやしまれないよう、引き取ったエルナンを積極的に遊びに連れ出し、本やものを買い与えていた。その日々のなかでエルナンは黒髪にアイスブルーの瞳を持つお姫さまを知っていた。

(神秘的で、凜《りん》としていて……こんなにきれいな人がいるのかと思ったっけな……)

同時にひどく落胆《らくたん》した。自分があまりにも小さかったから、彼の王子さまにはなれないとがっかりしたのだ。

あれは一目惚れだったのだろう。そして彼と過ごしていくうちに、彼のすべてに焦がれ、欲するようになっていった。

事実を知ったときも、自己嫌悪と周囲の大人たちへの憎しみを募らせはしたが、それを凌駕するほどに使命感を抱いた。いつか自分がレインを救い出すという決意だった。

だがレインをあっけなく失い、エルナンは絶望にうちひしがれた。傍目には間もなく立ち直ったように見えただろうが、彼の遺体を見つけたら、死んで同じところに埋葬してもらおうと考えていたくらい、根っこの部分は変わっていなかったのだ。

さすがにこれはレインには言えなかった。これからもずっと言うことはないだろう。

(運命は俺の味方だったけどな)

絶望は希望に変わり、後追いの目標は、レインを守り愛し抜くことに変わった。レインを探すために身に着けたさまざまなスキルが、きっとこの先役に立ってくれるだろう。

それに離れていたあいだに、年齢はレインに追いついた。普通の人間としての年齢差では以前と変わらないが、バル・ナシュになってしまえば関係ない。少なくとも見た目の年齢では追い越している し、五百年という長い寿命のなかでは十歳差など些細なものだ。

レインが自分を待ってくれていたような気がしてならなかった。もちろん偶然でしかないのはわかっているが、そう思っていたい。

かすかなレインの息づかいを聞きながら目を閉じる。

このときのエルナンは、レインのすべてを手に入れた気になっていた。


シャワーを使って出てくると、部屋のどこにもレインの姿はなかった。

たっぷりと睡眠を取ったあと、レインは逃げるようにしてバスルームに入っていった。そしてエルナンは彼と入れ違いにシャワーを浴びたのだ。

起きてから、まだレインの声を聞いていない。顔も伏せたままで、目もあわせていなかった。照れているのだろうと思って放っておいたのだが、部屋からいなくなるとなれば悠長にしていられない。

エルナンは急いで服を身に着け、廊下へ飛び出した。

まずは島内にいることを確認した。ボートは係留《けいりゅう》されたままだし、念のためにクラウスに尋ねたところ今日は誰も島から出ていないと断言した。

ダイニングにも、カイルたちのところにもいなかった。ないだろうとは思ったものの、一応ラーシュのところを訪ねたが、やはりそこにもレインはいなかった。

ただしラーシュは情報を持っていた。

「レインだったら、さっき見たよ。一階で」

「どっちへ行った？」

「なにかあったの？　レインってば、ものすごくエロい雰囲気だったんだけど。色気がダダもれでさ、目なんかウルウルしちゃって超ヤバイの！」

「なんだと」

「声かけたんだけど、スルーされちゃった。あれ聞こえてなかったと思うよ。心ここにあらずって感じだったし。ひょっとしなくても、セックスしたよね」

聞き捨てならない単語をいくつも聞かされ、エルナンの纏う雰囲気はピリピリし始める。

「で、どっちに行ったって？」

「オリーブがいっぱい生えてるほうだよ。もちろん同意なんだよねぇ？」

「当然だろ」

「じゃあなんで、レインはどっか行っちゃったわけ？　初めての朝じゃん。ぷっ……初めてセックスした朝に……ってもう昼だけどさ、逃げられちゃうなんてダサっ」

ぎゃはは、などという顔に似合わぬ下品な笑い方が、ことさらエルナンの神経に障った。つい胸ぐらをつかんでしまっても仕方ないだろう。

「オリーブの森ってのはどっち方面なんだ？」

「森ってほどの規模じゃないけどね。やだなぁ、図星《ずぼし》さされたからってこんな野蛮な真似しちゃうんだぁ？」

「いいから答えろ」

本気で殴る気はないが、かなり苛立《いらだ》っているのは間違いなかった。まだなにかくだらないことを口走るようならば、軽く一発拳《こぶし》を入れてしまうかもしれない。

気配を察したのか、ラーシュはあっさりと言った。

「南だよ。離れの向こうに出たら、見えるから」

「どうも」

パッとラーシュから手を離し、そのままエルナンはきびすを返した。ぐずぐずしていたら、またくだらない話に付き合わされてしまう。

広い屋敷のなかを、南の出口へ向かって進む。すると廊下の隅に蹲《うずくま》っている同族を二人見つけた。

意識はあるようだが動けないでいるようだ。

「レインはここを通ったか？」

「……通ったもなにも……」

「あんまりいつもと様子が違うんで、声かけたら……」

「相変わらず凶暴だよ。あんなに美しいのに……」

はぁ、と大きな溜め息が聞こえた。

「声かけただけで、ぶちのめされたのか？」

「………」

否定しないところを見ると、しつこく追いかけたか身体に触れたかしたのだろう。彼らは暴力を振るわれたことに対して怒ってはいないようだが、ずいぶんと悔しそうだった。

すうっとエルナンの周囲の温度が下がった。

「なにをした？」

低い声で問うと、二人はあからさまにびくっと身を竦ませた。新入りの同族相手に怯えすぎの感はあるが、すでにエルナンは「あぶないやつ」として認識されているので、彼らは身の危険を感じたのだ。直前に、レインによって容赦なく叩きのめされているのもきいたのだろう。

「か、肩を抱こうとしたくらいで……」

「へぇ」

「いや、だから抱こうとしたんであって、実際はその前にエルボー食らって……！」

「そっちのあんたも？」

視線を向けると、もう一人も壊れたように大きく何度も頷いた。

興味がないのでエルナンは素通りした。二人分の視線が追ってきたが、当然無視して廊下を突き進んだ。

屋敷の裏手にある出口の付近で、また一人壁にもたれて座り込んでいる同族を見つけた。

「………」

なにがあったと確かめる気も起きなかった。バル・ナシュに限って具合が悪いなどということはないはずだから。

外へ出て南に向かって歩いて行くと、ところどころに人が倒れていた。さすがに屋敷から離れるとその姿もなくなったが、合計八人が点々と倒れていた。しかも後半に見かけた連中はみな意識がなかった。前半は時間の経過で回復したと推測できる。

そのまま歩いて行くと、間もなくオリーブの木が群生している場所が見えてきた。島自体が小さいので、確かに森というほどの規模ではなく、すぐにレインは見つかった。

大きなオリーブの木に登って、ぼんやりとしていた。

「確かに雪豹……」

ラーシュが付けたという浸透しなかったニックネームも、あながち悪くはない。そう思わせる光景だった。

近づくエルナンに気付いているはずのレインは、視線を向けることもなくじっとしている。やや緊張しているのが見て取れた。

「レイン」

びくりと細い身体が震えた。彼がいるのは地上からだと三メートル弱の枝の上で、太い幹に背を預けた状態で、細い脚を縮めて小さくなっていた。

安定しているとは言いがたい格好だった。

聞こえていないはずがないから、エルナンはそのまま続けた。

「下りてきてくれないか」

「そのうち行く」

「いまのレインは一人にしておけないんだよ」

確かにラーシュも言っていたように、ごくりと喉を鳴らしてしまうほどの色香を放っている。目は潤んで——というより、いまにも泣きそうに見えるし、なにかに怯えているようにも思えた。もともと繊細な顔立ちをしているものだから、纏う雰囲気が少し弱々しくなっただけで、とんでもなく儚《はかな》げに見えてしまう。

これは同族たちが放っておかないはずだ。過去に痛い目を見たことも忘れてしまうほど、あるいはどうでもいいと思わせるほど、いまのレインには男を引きつけるものがある。弱って隙だらけにも見えるからなおさらだろう。

道しるべよろしく転がっていた同族たちに、少しだけ同情した。これは手を出すなというほうが難しい。

「ここに来るまで死屍累々《ししるいるい》って感じだったぞ。いや、死んじゃいないが……あいつら、レインがやったんだろ？」

「……ああ」

「どうしたんだ？」

返事があったことに喜びながらも、冷静に問いを重ねる。答えはもうわかっているが、会話を続けたくて質問の形を取った。

溜め息のあと、レインは口を開いた。

「ちょっと、動揺してたらしい」

「動揺？　なにかあったのか？」

確かにシャワーを浴びに行ったときから普段の彼とは様子が違っていたが、動揺していたようには見えなかった。では部屋を出てから、なにかあったことになる。自分たちがいた三階から一階へ下りるあいだのことだろうか。

レインは黙ったまま、視線をあらぬ方向へ投げる。言えないようなことなのだろうかと、エルナンは眉をひそめた。

そもそもなぜレインは黙って部屋を出たのだろうか。

「レイン、話してくれ。なにがあったんだ？」

「………」

「誰かに、なにか言われたのか？　どうして俺がシャワーを浴びてるうちに、出て行ったんだ？　ひょっとして俺と一緒にいたくなかったのか？」

あれはレインの部屋だったから、もし本当にエルナンといたくないと思ったのだとしたら、姿を消して外へ出たのも納得できる。もちろん肯定など、して欲しくなかったが。

矢継ぎ早の質問に、レインはかぶりを振った。相変わらずエルナンの顔は見ようとしなかった。

まるでレインに拒まれているように思えて仕方ない。昨日は確かに身も心もエルナンを受け入れてくれたというのに――。

はっとしてエルナンは目を瞠る。

原因として思い浮かんだのは、昨日の昼から昨夜にかけてのエルナンの所業《しょぎょう》だ。欲望と体力に任せて延々とレインを抱き続けたことを、実はかなり怒っているのではないだろうか。あるいは呆れ果てて、ついていけないと思っているのでは――。一緒にいたくないのかという問いには否定したが、それはエルナンの心情を慮《おもんぱか》ってのことなのかもしれない。

「理由は……セックスか？」

問いかけると、あからさまにレインの様子が変わった。表情自体は動いていないが、緊張感が増したのがはっきりとわかった。

やはり、とエルナンは顔を歪めた。

もともとセックスには抵抗感があったレインを相手に、あまりにも執拗に求めたことがいけなかったのだろう。抱かれている最中は気持ちよさげに喘ぎ、ねだるようなことも言っていたが、それはただバル・ナシュ同士のセックスに身体が陥落《かんらく》し、心が引きずられていただけかもしれない。冷静になって逃げ出すほど、いやだったのかもしれない。

「悪かった」

「え？」

「俺に配慮と冷静さが足りなかった。レインの気持ちも考えずに……」

普通の人間だったら、間違いなくレインの身体にはなにかしらの異常が起きていたはずだ。それくらいのことをしたという自覚はあった。身体は大丈夫でも、それくらいのことをされた、という心理的な問題が発生したことは大いに考えられた。

「しつこすぎて俺とするのがいやになったなら……」

「そうじゃない」

きっぱりとした否定が頭上から降ってきた。だがレインの顔は、まったく見えない。故意にエルナンから見えないようにそむけられてしまっていた。

「レイン……」

「違うんだ、そうじゃない。エルナンが悪いんじゃない……」

「だったらなんだ？」

「俺が……だから……」

「え？」

よく聞き取れなかった。距離のせいでもなければエルナンの耳の問題でもなく、レインが部分的に言葉を濁《にご》してしまったせいだ。

だが問い返したのがまずかったのか、レインは逃げるようにして身体を逆方向へ向けてしまう。落ちやしないかとハラハラした。

それきりレインは頑《かたく》なに口をつぐんでしまった。もう一度言い直してもらおうとしても、頑《がん》として口を開かない。

だから別の切り口で話しかけた。

「そろそろ全員復活した頃かな。レイン、手加減しなかっただろ」

「……できなかった」

「そうか。俺が話したのは二人だけだが、どっちも怒ってなかったぞ。あいつら、そういうとこ妙に寛大だよな。たぶんレインだから、だろうけど」

エルナンが同じことをしたら、盛大にクレームを付けられることだろう。本気で怒りはしないだろうが、顔をあわせたら嫌みや皮肉は言ってきそうだ。

自然にそう思ったことに、エルナンは苦笑した。なんだかんだで、エルナンも同族たちへのある種の感情や信頼は持っているようだ。

「大丈夫そうだったか……？」

「屋敷に近いところにいたやつらから、順次回復してたぞ」

「そうか」

声に安堵が籠もっていたから、なんとなく妬《や》けてしまう。

エルナンに言わせれば、「雪豹」に近づいていった連中が迂闊《うかつ》なのだ。色香に惑わされたか、いまならいけそうだと踏んだのか、いずれにしても自己責任というやつだ。同族のあいだで、レインのガードの固さと容赦ない撃退法を知らない者もいないはずなのだから。

会話はそれで途切れてしまった。日はずいぶん上っていて、すでに一番高い位置にある。木陰だからそう暑くはないし、どんな気象条件だろうと支障はないが、感覚は以前とほとんど変わらないのだから、過ごしやすいに越したことはない。

「夜までここにいるつもりじゃないだろうな。暗いの、だめだろ？」

「………」

「それまでに解決する問題だったら、俺は戻るけど……そうじゃないなら、ここにいるぞ。というか、連れて帰る」

言いながら、これは後者だろうと薄々気がついていた。ならば長引かせるよりは、この場で片付けてしまったほうがいい。憂いがあるならば、少しでも早く取り除きたい。悪い芽が育ってしまわないうちに。

「レイン、そっちへ行くぞ」

オリーブの木は結構な樹齢らしく、大きく立派だ。さらに一人増えたくらいで倒れるものではないだろう。枝は知らないが。

「だ、だめだ……っ」

レインは足場の悪い木の上から飛び下りようとし、もたれていた身体を幹から離した。そのまま走って逃げようと思ったらしいが、よほど動揺していたのか、どう見ても半分落ちるようにその身を宙に踊らせていた。

「レイン……！」

伸ばした両腕は、ギリギリのところでレインに届く。足から着地しようとしていたとはいえ、身体は斜めに傾いでいたから、エルナンが抱き止めなかったら膝あたりを強打していたことだろう。持ち前の身体能力でレインはいくらか体勢を整えてはいたが、いかんせん空中にいる時間が短すぎた。

抱き止めた衝撃は大きかったが、バランスを崩すほどではなかった。もちろんあのまま膝で着地していたとしても、たいしたことにはならなかったはずだ。高さもそうないし、仮に打ちどころが悪くともバル・ナシュの身体は傷を残すことなく元に戻ろうとするのだから。

「大丈夫か」

ほっと息をついて問いかけるが、レインからの返事はなかった。

彼は身を固くしていたが、はっと我に返り、エルナンの腕のなかでうろたえ始めた。その顔は半泣きといってもいいくらいだった。

「……可愛い、レイン……」

あたふたしている姿が、悶えたくなるほど可愛くて、エルナンはぎゅうっと細い身体を抱きしめた。

さすがにこんなところでは抱けないが、気持ちとしてはいますぐにでもキスをして、とろとろにして、自分のもので喘がせてしまいたかった。

エルナンは別にいいのだ。誰に見られようと、どんな場所だろうと、一向にかまわない。だがレインはだめだろう。

いや、キスくらいなら、別にこの場でかまわないはずだ。むしろ見られたっていい。レインは自分のものだと誰彼なく知らしめたい気持ちだった。

「キスしていいか？」

「だめだ……っ」

「どうして。やっぱり俺とするのがいやに……」

「違う。だからエルナンじゃなくて俺が……ひどい、から……」

「は？」

エルナンはこれまで生きてきて一番間抜けな声を出した。心底意味がわからない。だがレインは至極真面目——というよりも深刻な様子で、どこか悲壮感さえ漂っていた。

半泣きのレインは見たことがないほど幼く見え、エルナンの欲望をさらに煽り立てるが、同時に庇護欲も抱かせた。こんなに不安定な彼は初めてだ。彼にとって最悪だったときでさえ、こんなふうではなかった。

「レイン？」

「あんな……淫乱、で……」

「ま、待てレイン。いいから、落ち着け」

強引に言葉を遮って、エルナンはレインの顔をまじまじと見つめる。

俯いているが、相変わらず目が潤み、泣き出す寸前のようだった。怯える小動物、あるいは途方に暮れた子供のようにも見えた。

「なんでそうなる。レインは淫乱なんかじゃないだろ」

大事なことは、まず一番初めに強く断言しておく。淫乱の定義は人によって違うだろうが、少なくとも彼は違うはずだ。自分から男を求めるわけでもないし、複数の相手とセックスをしたいという欲求があるわけでもない。むしろ貞淑《ていしゅく》と言ってもいいくらいではないかとエルナンは考えている。身体は非常に快楽に弱いようだが、それはエルナンにとってプラス要素でしかない。

そのあたりを嚙んで含めるようにして言い聞かせると、少しだけレインの気持ちは上向いたようだった。

さらにエルナンは問いかけた。

「たとえば……クラウスに抱かれたいと思うか？」

「いやだ。エルナン以外、いや……」

レインは小さく何度もかぶりを振った。具体的な名を出したせいか、かなり顔がこわばっていた。

一方で、腕のなかでそんな可愛らしいことを言われてしまったエルナンは、身悶えしそうなくらい歓喜していた。

どれだけこの人は男心を突いてくるのだろう。無意識に欲望にまで火をつけて煽ってくれるのだから困りものだった。

「そんなに身持ち固いくせに、どうして淫乱なんて思ったんだ？」

「だって、あんなに……何回も……」

「何回もしたのは俺のほうなんだが……」

「あ、あんなにいくのは、おかしいだろう……っ」

「そういうことか」

ようやく合点《がてん》がいって、エルナンは苦笑した。確かにいった回数は比較にもならないだろう。途中から、ほとんど「いきっぱなし」と言っても過言ではない状態になっていたのだ。ドライオーガズムの状態が、かなり長かったからだ。

エルナンが納得したことで、レインの表情はますます悲しげに歪んだ。

「確かにレインは敏感だし、いきやすい体質みたいだな。俺は嬉しいけどな」

「……嬉しい……」

視線は上げないまま、恐る恐るといった様子で尋ねる様子が可愛らしい。すっかり自分を異常だと

思い込んだ彼を、どうやって納得させたらいいものか。

とりあえずは本音を語るべきだろうと結論づけ、エルナンはレインの頬を撫でた。

「感じやすくて、素直に声上げてよがってくれるレインは、可愛いよ。俺の愛撫で喜んでくれてるんだなって実感できる」

それなりに自信のあるエルナンだが、そうでなくてもレインを蕩けさせることは簡単だっただろう。なにしろ彼は全身の至るところが性感帯と言っていいくらいに感じやすいし、特にいったばかりのときは、なんでもないところを軽く撫でただけでも、のけぞるほど感じてしまう。

正直、期待していた以上だった。どこまでも美しい身体に、最高の反応。なかの具合もむしろよすぎるほどだった。

そんなレインは、じっとエルナンの言葉に耳を傾けていた。

「いきやすいっていうのも、まぁ体質なんだろうな。バル・ナシュの身体っていうのも、あるんだろうし」

「そう……か、バル・ナシュの……」

ここは完全に憶測《おくそく》でしかなかった。快楽が深く激しいという話は聞いていたが、達しやすいかどうかまでは聞いていなかったからだ。これはあとでラーシュあたりに――いや、むしろ英里に聞いたほうが確実だろう。

ひそかにそんなことを考えつつ、エルナンは頬を撫でていた手で、レインの頭を引き寄せ、自分の胸に押しつけた。

「なんでこんなに可愛いんだろうな」

「……俺を可愛いなんて言うのは、おまえだけだ」

ムスッとした調子で吐き捨てられたが、それこそ可愛いばかりで怖くもなんともない。

まさかあんなことを気に病んでいたとは思わなかった。セックスに関してナーバスなのは知っていたが、感じすぎるとか達し続けたという理由で自分を責めるとは。

「あんたってさ、偏《かたよ》ってんだよな」

「なにが」

「特殊な環境にいすぎたせいなんだろうけど、変なとこだけ純粋培養《ばいよう》っていうか、天然っていうか。まぁようするに、ズレてる」

ラーシュからもいろいろと聞いているエルナンだった。エルナンと会うためにコルタシアへ出向いたときも、変装すればと誰かに言われ、なにを思ったか金髪のウィッグを被ろうとしたらしい。土地柄そのほうが多いだろうという考えだったようだが、レインの容姿で金髪になどなったら、それこそラーシュ並みにキラキラしてしまい、異様な目立ち方をしただろう。まず顔を隠せと突っ込みたいところだが、そのあたりをレインはまったく理解していなかったようだ。英里の妖精説もレインらしいと言えばらしい。出会った頃から、彼はそうだった。エルナンをレインに預けたボスが冗談で「五歳の女児」と言ったらしく、一週間くらいそれを信じていたくらいだ。言葉遣いでわかりそうなものだが、レインは気付かなかった。

「態度がクールだから、いろいろとごまかされちまっているんだ。こんなに可愛いのに」

「だからおまえは何度それを言えば気がすむんだ」

「気なんかすむわけないだろ。いきっぱなしの敏感すぎる身体でごめんなさい……って言われたら、そう思うって」

「そんなことは言ってない」

「でもそういうことだろ？　それがどれだけ俺を喜ばせてるかわかってないんだ。抱いた相手に気持ちよすぎって言われて、喜ばないと思うか？」

「……呆れてないか……？」

「だから喜んでるって」

腕のなかで泣きながら喘ぐレインが、どれだけきれいで可愛かったことか。甘い声も官能に染まる顔も、上気して汗ばむ肌も、なにもかもがエルナンを喜ばせ、楽しませた。そうでなければ、一日をつぶす勢いで抱いたりはしない。

現にいまも、見たことのない顔で戸惑うレインに欲情しているというのに。

黙ってレインの手を取り、自らの下腹部へと導く。すでに形を変えているものに触れた途端、レインは息を呑んで顔を上げた。

「わかった？　こんなところで、裸でもなんでもないレインを抱きしめて、こんなになってるんだよ。

俺のほうが、よっぽどいろいろひどい」

「……エルナンは……性欲が強いのか？」

「ストレートだな。まぁ、レイン限定でかなり強いよ。この場で押し倒して、暗くなるまで抱きたいくらいだ。しないけど」

いつ誰が来るかわからない場所では、さすがに躊躇する。エルナン自身は見られることをなんとも思わなくても、レインはいやだろうし、レインの媚態を誰かに見られるのもいやだった。絶対誰も来ないというならば、喜んでするが。

ほっとしたのか、少しこわばっていた身体から力が抜けた。

「覚えてて、レインが感じすぎてヤバいっていうなら、それは抱いてるのが俺だからだよ。上手いし、レインのこと愛してるからだ」

「……愛してると違うのか」

「そりゃ、レインを気持ちよくさせようって気持ちが強いからな。あとは抱かれるレインが相手をどう思ってるかで、全然違う。セックスは精神的な問題がかなり影響するのはわかってるよな？　薬使ってまともな状態じゃなくしてれば別だが、そうじゃなければ、相手とか環境とかでずいぶん違う。レインの気持ち次第ってことだ」

「気持ち……」

「俺のこと好きで、愛してて、俺にだったら抱かれてもいい……って思ったから、あれだけ感じたんだ。俺が欲しかったろ？」

確信を持って問うと、小さく頷く返事があった。

「俺はもっと欲しいよ。レインを快感で泣かせたいし、もう死ぬって思うほどいかせたい。たぶん昨日みたいなことは、何度もあるだろうな。それでも、抱かせてくれるか？」

少しためらったあと、レインは小さく頷いた。

「エルナンが……そうしたいなら」

望んでいた答えに、思わず笑みがこぼれた。レインはエルナンにとても甘いから、望めば望むだけくれるかもしれないと期待していたのだ。

「よかった。俺がしつこすぎるって、愛想尽かされたらどうしようかと思った」

暗に同じような気持ちだったのだと知らせると、さらにレインは気が楽になったらしい。

木の下に座ってレインを抱きしめたまま、手触りのいい髪を撫で、エルナンはどれだけ自分がレインを求めてきたか、どれだけ満足だったかを、訥々《とつとつ》と語った。

返事も相づちもなかったが、それでよかった。

エルナンの腕に身体を預けていたレインがどうやら眠っているらしいと気付いたのは、わりとすぐのことだった。

レインはいろいろと考えすぎて、ほとんど眠っていなかったようなので、気が抜けて意識が落ちてしまったのだ。それだけ安心できた、ということだろう。

このままでもいいが、やはりベッドで眠らせてやりたい。

エルナンはそっとレインを抱いて立ち上がり、横抱きにしたまま顔を自分の胸にできるだけ伏せさせるようにして歩き出した。それでも寝顔は見えてしまうが、丸見えの状態よりはマシだ。

点々と落ちていた同族たちは、全員無事目を覚ましたらしく、すでに影も形もなくなっていた。屋敷に近づいていくにつれ、それぞれに過ごしている同族たちを見かけるようになったが、なかにはさっきまで倒れ伏していた者の姿もあった。

彼らは一様に、エルナンたちを見て唖然としていた。一目でレインの意識がないのがわかるのだろう。次々と寄ってきた。

「どうしたんだ、レインは」

「眠ってるだけだ。見るな」

「具合でも……？」

バル・ナシュに限ってそんなはずはないのに、彼らは心配しているというのを口実にレインの顔を覗き込もうとする。

「ただの寝不足だ。見るな、汚れる」

思った通りの展開に舌打ちをしつつ、エルナンは彼らをかき分けるようにして突き進む。エルナンに話しかけつつも視線はレインから離れていかないのだから彼らの興味は実にはっきりしていた。

「寝顔、可愛いなぁ」

「ヤバい、そそる」

「だから見るなっ」

「無理言うなよ。いいじゃないか、それくらい」

「なぁ？　我らがスノークイーンの無防備な姿なんて、そうそう拝めるもんじゃない」

「俺の、だ。あんたたちのじゃない」

「えー独占反対！」

「そうだぞ、親離れしろよ坊や」

これだけ声や気配があっても、レインは目を覚まさない。この様子だとレインは長期間にわたり睡眠不足が続いていたのかもしれない。普通の人間ほどでなくても、やはり睡眠は必要なのだ。もちろんレインが本能的に身の危険を感じていない、というのも大きな理由だろう。

エルナンは周囲を牽制——いや威嚇し、彼らを振り切って屋敷に入った。数人がぞろぞろとついてきたが、無視して自室へ向かう。

自分に対して無防備なレインを見せびらかしたい、という欲求があったことは事実だ。そして自分のものだと、みなに知らしめたいと。

だが見られるのは思っていた以上にいやだった。

大股で歩いていると、前方にカイルと英里が見えてきた。二人でいまからどこかへ行くところらしい。

「レインは見つかったのか、どうしたんだ？」

「眠ってるだけだ」

「なるほど。おまえのせいってわけか」

得心《とくしん》した、というようにカイルが呟くと、周囲がどよめいた。数人の同族たちは相変わらず近くにいたのだった。

英里はうんうんと頷いた。

「ずいぶん悩んでたもんね」

「ちがうぞ英里。いや、もちろんそれもあるんだろうが、単純にこの男が昨晩寝かせなかっただけだろう」

「え……」

意味を悟り、英里はまじまじとエルナンを見上げた。そしてすぐにレインの寝顔に視線を移し、なるほどと小さく頷く。

「そっか……ようやく、くっついたんだ」

「だろ？」

「ああ」

エルナンが肯定した途端、廊下はちょっとした大騒ぎになった。

「やっぱりか！」

「くっそ、負けた」

「俺は当たりだ」

肯定した途端にギャラリーが騒ぎ出した。どうやら知らないところでなにかしらの賭けが発生していたようだが、どうでもよかった。レインを性欲の対象として見ないのならば、賭けでもなんでもしてくれ、と思う。

どだい無理なことだとわかっているが。

「おめでとう、でいいんだな？　合意だろ？」

「当たり前だ」

「よかったね、エルナン」

にこにこ笑う英里は確かに可愛かった。含みもなにもなく、純粋に祝福してくれているとわかるから、エルナンはほんの少し表情を和らげた。

「ありがとう」

「でも、ほどほどにしてあげてね。レインと君じゃ、基本的な体力に差がありそうだから。うちみたいに」

実感が籠もっているなと思いながらカイルを見ると、ひょいと肩を竦めた。薄く笑っているから、彼も「ほどほど」じゃないことがあったのだろう。あるいは現在でもそうなのかもしれない。

いくらバル・ナシュの身体が頑丈にできているとはいえ、やはり個人差はあるものだ。生前の体力や腕力は、ほぼそのまま受け継がれるといっていいし、回復力にも差はある。

「努力する」

「それじゃカイルと同じだよ」

英里は困ったように笑った。やはりレインが目を覚ましたら、英里に話を聞けと言っておこう。きっといいほうに作用するはずだ。

「そのうち、レインが相談に行くかもしれない」

「あ、うん。いつでもどうぞ」

にっこりと笑うと、ギャラリーたちがいっせいにわらわらと英里に集まった。まるで砂糖に群がる蟻《あり》のようだった。

「エーリ、相変わらず可愛らしい」

「たまにはお茶でもどう？」

「そろそろ別のパートナーもいいんじゃない？」

可憐《かれん》さで同族の目を釘付けにしてきた英里の登場で、ギャラリーの意識が少し逸れた。この隙にと、エルナンは足早に部屋に戻った。レインの部屋ではなく、自分のだ。そしてしっかりと内鍵をかけ、ベッドにそっとレインを横たえる。

さらりと髪を撫で、しばらく寝顔を見つめた。

目を覚ましたら、まずは部屋をどうするか決めなくては。景色はレインの部屋のほうがいいが、バスルームはこちらのほうが大きいので、エルナンとしてはレインに移ってきて欲しいと思っている。いっしょに入るなら、断然こちらだからだ。

じゃまはされたくないし、させる気もない。

「あんたをドロドロに甘やかして、可愛がって大事にして、俺なしじゃいられないくらい依存させてやりたいよ」

抱いて抱いて、昔のいやな記憶など、自分とのセックスで塗りつぶして思い出せないくらいにしてしまいたい。

(我ながら、おかしいよな……)

くすりと笑い、レインの手にくちづける。

だがこれが自分という人間だ。幼い頃からレインのことだけ考えて生きてきた自分にとって、これがごく当たり前のことなのだった。

平穏《へいおん》な日々が、数ヵ月続いていた。

同僚たちはほとんどが島を出て行き、残っているのはレインとエルナンだけになった。レインは相変わらず指導部の仕事を淡々とこなしていて、そこにエルナンが出る幕はない。もともと一人でまわせる仕事なのだ。

だからエルナンはラーシュに頼まれた仕事を片付けつつ、島の一角での小さなツリーハウスの建設を手伝っている。もちろん許可は取った。基本的な生活は母屋で送るが、たまには二人だけで、他者の気配を感じずに過ごしたいと思い、申し入れてみたのだ。スタッフたちは暗示がかけられているから、エルナンたちのことは気にしないが、気配を感じることには変わりないからだ。

すべて自分で作るつもりで言ったのだが、なぜかクラウスやカイルによって話が大きくなり、業者が入ることになった。秘密基地程度の小屋はバスルームやキッチンまである立派な建築物へと変更されたのだ。住もうと思えばずっと住めるくらいの設備も整えられるらしい。

ちなみにパートナー申請はすでにしており、無事に認められている。だがエルナンたちには、あまり変化のないことだった。事実上の結婚なので嬉しいことには変わりないが、姓が変わるわけではないし、島から出ない彼らには恩恵を感じにくい。たとえばこれが、カイルたちのように外で暮らしている者ならば、大きな意味があるのだ。バル・ナシュは基本的に一人で拠点に身を置く。全体数がすくないので、なるべく世界中に散らばるためだ。だがパートナー同士は一緒に行動していいことになっている。伴侶《はんりょ》だからだ。

エルナンたちが恩恵を受けるのは、きっと三十年か四十年後だろう。

「よし、休憩」

ラーシュからの仕事は、セキュリティープログラムの脆弱性《ぜいじゃくせい》を見つけ出す仕事だ。もともとエルナンはクラッカーとしての能力が高い。これはレインを探し出すため、さまざまなデータベースに入り込もうとした結果、身に着いたものだった。

「レインは一区切りつきそうか？」

「これまとめたらな」

つい先日から、新しい同族候補に関する情報が入ってきているのだ。十年前後に一人しか増えない状態が続いていたのに、まだエルナンが変化してから数ヵ月で次の候補が現れるのは前代未聞だった。もちろん確実に変化すると決まったわけではないが、これほどの短期間で現れたことが重要であり、いま指導部はいろいろと話しあいが行われているところらしい。

「特定はまだか」

「さすがにね」

「俺とレインのあいだは十年以上あったのにな……」

「前は五十年単位だったらしいから、これから短くなっていくのかもしれないな」

そう言われて初めて、懸念が過《よ》ぎった。つい最近まで自分こそが心配される立場だったというのに、やはりバル・ナシュのメンタリティーは特殊なのか、もう完全にバル・ナシュとしての立ち位置に収まっているのを自覚する。

レインと比べたら、当然比重はレインに傾くけれども。

じっと眺めているうちに、レインの手がキーボードから離れた。ほっそりしていて、指が長くて、とてもきれいな手だ。女性の手とはもちろん違うが、しなやかで美しいことに変わりはない。その手を取って引き寄せると、抵抗もなく彼はエルナンの腕に収まった。そのまま抱き上げてカウチに移動しても当然のように受け止めている。

最初はいろいろと戸惑ってたが、毎日のように続けていれば慣れるというものだ。おかげでレインはエルナンの膝に座り、胸にもたれておとなしくしていた。

油断するとレインはすぐに眠ってしまうので、眠りを誘うようなこと——たとえば髪を撫でたり背中を軽く叩いたりということはしない。

レイン曰く「つい最近そうなった」ということだが、彼はとにかくよく眠る。放っておけば、いくらでも眠っている。もちろん普通に生活することも可能だし、起きているときに眠気でどうにかなってしまう、ということもないらしいが、眠っていいならばいつでも眠りたいという。

「あ……しまった」

気がついたら、寝息が聞こえてきていた。仕方ないなと苦笑してしまうのは、レインがこうやって眠りに落ちてしまうのは自分の腕のなかだけだと知っているからだ。

おそらくレインは、子供の頃からずっと、きちんと眠れたことがなかったのだろう。森で迷っていたという夜から、ずっと。施設で過ごした穏やかな短い日々も、ボスに引き取られて殺伐《さつばつ》とした空気のなかで気を張っていたときも、もちろん外道な男の下で自分をすり減らしていたときも。変化に四ヶ月もかかったというのも、きっとレインの精神が眠りを求めていたからで、それはバル・ナシュへ変化してからも変わらなかったのだろう。

レインにはこうやって包み込む腕が必要なのだ。これまで得られなかった穏やかな眠りを、レインはいまようやく取り戻しているのだ。

さすがにいたずらするつもりはなかった。可愛い寝顔を見ると、そっとしておきたくなる。

そのまままどろんでいると、ふいに電話が鳴った。レインがびくっと震えて目を覚ました。この手の音には敏感に反応するようだ。

エルナンはレインをカウチに置いて、電話を取りに立った。ラーシュだとわかった途端に舌打ちしてしまったが、蔑《ないがし》ろにはできない。

「なんだ？」

『あっ、エルナン！　ちょっと、いまから送るURL見て。すぐ！』

「は……？」

『いいから、早く。レインのそっくりさん出ちゃった！　かなりヤバいレベル。これひょっとすると、ひょっとするかもだよ』

なにを言っているのかすぐにはわからなかったが、とりあえずレインに似た人物がいるということだけは理解する。

指定されたページへ飛ぶと、どうやら動画サイトのようだった。テレビ番組を録画したらしいものが流れ始めた。

「これか……！」

思わずエルナンは映像を一時停止した。比較的鮮明な画像だからはっきりと顔が見える。それはレインと瓜《うり》二つといっていい顔だった。

淡い金髪に、抜けるような白い肌。小さい顔に、アーモンド型の美しい目。鼻筋はすっと通っていて、唇はふっくらとはしているがあまり大きくない。迫力のある美人ではなく、繊細で上品さを醸《かも》し出す美女だ。それこそ、どこかの王女さまのような。

そう、どこからどう見ても女性だ。それもとんでもなく美しいと言える。。

思わずエルナンはレインを見つめた。驚きに声もない彼は、食い入るようにしてディスプレイを見つめている。

瞳の色は、ディスプレイで見る限り同じように見えた。溜め息が出そうなほどのアイスブルーだ。印象が違うのは、向こうが女性でメイクをしているのと、淡い金髪を長くしているせいだろう。

「これは……」

『びっくりした？　したよね。僕もしたよ、もう叫んじゃったもん。ウィッグ被って、メイクしたら、区別つかないレベルだね』

「……だろうな」

「誰……」

ぽつりとレインが呟くが、相変わらず目はディスプレイから離れない。声が聞こえたのか、ラーシユが答えた。

『アマンダ・ハミルっていう、新人女優だよ』

来年公開されるハリウッド映画のヒロインらしい。オーディションで選ばれ、すでに撮影を終え、つい先頃キャスト発表となったという。

「背景は？」

『いま調べてる。年は二十二歳だね。奇《く》しくもレインが変化した年と同じ。つまり見た目、ばっちり同年代なんだよね。母親はフィンランド人で、父親がアメリカ人。生まれも育ちもフィンランドだね。十六のときに母親を亡くして、父親とアメリカに渡ったらしい。背景に関してはまだこれくらい。すぐにいろいろ入って来ると思うけどね』

「そうか」

思いついて再生を押すと、動いているアマンダの映像がしばらく流れた。声も少し聞けたが、アルトのきれいな声は、もう少し低くなればレインに似ているような気がした。

『ここまで似てると、可能性はあると思うんだよね。レイン、三歳より前のことは、まったくわからないんでしょ？』

「……ああ」

いくら調べてもわからなかったことだった。レインが森で発見された少しあとに、少し離れた場所で災害が起き、行方不明者や身元不明の遺体が多数出たこともあった。そのなかにレインの身内がいた可能性も考えたが、確認のしようはなかったのだ。

「これ、なにか問題出そうか？」

『レインと無関係なら、ちょっと島から出る時期が延びるくらいかな。彼女が女優として大成するかどうかにもよるけど』

つまり売れ続けるようならば、そっくりなレインが人目につく場所に出るのは厳しくなるということだ。たとえ彼女が年老いても人の記憶に若い頃の美貌が強く残るのならば同じことだからだ。

「レイン、なにか思い出すことでもあったか？」

「いや……」

緩くかぶりを振るものの、レインは彼女を見つめるばかりだ。すぐに映像は終わってしまったが、かなりもの思いにふけっているようだった。

『あー、続報入ってきた。さすがうちの社員、優秀』

「なんだって？」

『アマンダの母親には、生き別れの弟がいるよ。生きてれば、三十七歳。近いうちに写真を手に入れて見せるけど、ここまでは符合《ふごう》するよね』

レインははっとしてエルナンの顔を見た。

「まさか……」

『可能性はあるでしょ。ここまで顔が似てて、彼女の叔父《おじ》に当たる人物は、二歳のときに両親が離婚して、母親が連れて行ってる。その後、母親はアメリカに渡って……消息不明。名前は……』

「言わなくていい……！」

尖った声は、どこか悲痛に聞こえた。知りたくないのか、知るのが怖いのか、いずれにしてもレインがこんな反応をするということは、彼女を見てなにか感じるものがあったということだろう。

「ちょっと待っててくれ。かけ直す」

エルナンはいったん電話を切ると、レインを抱きしめてあやすように背中を叩いた。それからいやがる彼を抱き上げ、二人の部屋——以前はエルナンの部屋だったところまで送った。仕事が残っていると言っていやがったのだが、エルナンがやっておくからと説得し、一緒にベッドに入って抱きしめた。セックスをしないときでも、こうして眠るのが常なのだ。

時間はかかったが、レインはやがて眠りに落ちた。

書斎に戻ったエルナンは、宣言通りラーシュに電話をかけ直す。一時間ほどたっているので、もしかすると新しい情報が入っているかもしれないと期待しながら。

果たして、ラーシュは消息がわからないという叔父の写真——といっても二歳のときだが——を入手していた。

『決定、って言っていいんじゃないかな』

送られてきた写真は、女の子と見まごうほど可愛らしい子供が、姉らしき少女と一緒に写っているものだった。

黒髪にアイスブルーの目。面差しはレインやアマンダを思わせる。現に送られてきたうちにあったアマンダの幼児の頃の写真は、髪の色が違うだけで叔父の幼少時とそっくりだった。姉は当時七歳。レインともアマンダとも似ていなかった。

「レインなのか……」

『たぶんねぇ』

「姉とは似てないな」

『アマンダと叔父……たぶんレインだけど、二人とも母方の祖母……アマンダにしてみれば曾《そう》祖母だね。その人に似てるんだって。残念ながら、その写真は無理っぽいけど、生前母親が言ってたらしい』

「なるほどね」

だからレインが保護されたときも、似た女性というのは話にも上らなかったのか。もし母親がレインに似ていれば、よく似た女性を見たという情報くらいは寄せられただろう。

『ところでレインはどう？』

「動揺してたな。思うところはあったみたいだが……」

『あれだけ似てたら、赤の他人でもぎょっとすると思うけどね。レイン、肉親っていままで一人もいなかったから、やっぱり気になるのかな』

「……そうかもな」

胸の内に生まれた不快感は、もやもやとしてひどくはっきりしない。指の隙間からなにかがすり抜けていきそうな、いやな感じだ。

　肉親かもしれない人間がわかったからといって、なにを不安がることがあるのだろう。バル・ナシュにたどり着ける可能性などほぼないと言ってもいいし、いまさらレインの心が離れていくなんてあり得ないのに。

『エルナン、どうしたの？』

「いや……」

『とりあえず、指導部に上げとくよ。そう心配しなくてもいいと思うけど……うん、ちょっとレインにとってはいやなことになるかもしれないけど』

「どういうことだ？」

『過去をほじくり返されちゃうかも、って話。てことで、レインのことは任せたよ、パートナーだしね。あ、もちろん一人で手に負えないっていうなら、喜んで協力するよ。たとえばレインを慰《なぐさ》めるとか慰めるとか慰めるとか』

「いらん」

　ぶつっと回線を切り、思わずふうと溜め息をついた。真面目なトーンだったから油断したが、ラーシュはやはりラーシュだった。

　だが肩から力が抜けたのも確かだ。

　レインがやりかけていた仕事を終わらせ、エルナンからも先ほどの件について補足を入れる。レインの記憶を触発することはなかったが、おそらく本人は身内だと確信したはず、と。

まだ指導部が動くようなことではないだろうが、もし映画がヒットして、アマンダがスターダムにのし上がったとしたら、どうだろうか。ラーシュが言ったのはその可能性を危惧してのことだ。誰かが過去に事件となった美貌の青年と新鋭女優を結びつけないとも限らない。

書斎をあとにし、かつかつと廊下を歩く。

ひどくいやな予感がして仕方なかった。

しばらくはなにごともなく、平穏な日々が続いた。

例の映画は、キャスト発表の段階ですでに撮影を終えていて、公開までのあいだは実に静かなものだったのだ。

その静けさは、映画の公開とともに終わった。

ラーシュの一報から、およそ一年がたっていた。そして彼の懸念していたことは、思っていた以上の規模で起きている。

「眠れないか？」

抱え込んだレインに声をかけると、頷くだけの返事があった。

まっすぐに天窓を見つめるレインは月明かりを浴びて、息を呑むほどに美しかった。憂いを帯びた表情がたまらない。

あの女優——アマンダは確かに顔立ちはそっくりなのだが、纏う雰囲気がまったく違うのだ。彼女は日の当たる場所で健《すこ》やかに育ったお姫さまであり、レインとはまったく逆と言える環境下にいた。レインにはどうしても陰があるし、憂いがある。ついでに色気も比べものにならなかった。

月が天窓の枠から外れると、少し室内が暗くなった。

ここはツリーハウスのなかだ。数ヵ月前に完成し、エルナンたちは週末をここで過ごすことが多くなった。

地上からだと、五メートルほど。緩やかな螺旋《らせん》階段で上がり、テラスもあり、内部の広さは三十平《へい》米《べい》はある。しかもロフト付きだ。ガラスも入っているし、バスルームもミニキッチンもあるが、後者はあまり使ったことがない。ベッドは持ち込まず、かなり厚手のラグをロフト部分に敷いて寝床にしている。ロフト全体が大きなベッドのようなものだ。ほとんどマットに近いものだが、寝心地は悪くなかった。

「しばらく、こっちにいようか」

「え？」

「いやなものを見ないですむよ」

こちらにはテレビを始め、外から情報が入ってくるものが設置されていない。もちろん連絡用に電話やパソコンは持ち込んでいるが、母屋よりはマシだろう。特にいまは十人近い同族が島にいるから、余計に避けたい気持ちが強い。

アマンダの件は、同族間でも結構な話題になっていた。彼らは口を揃えて、「レインのほうが色っぽい」と言い、エルナンと同意見であることが確認されている。

そのレインは考え込み、小さく頷いた。

アマンダは映画のヒットとともに、一躍スターの一人となった。たぐいまれなる美貌と、天真爛漫《てんしんらんまん》なキャラクターで多くのファンを獲得し、パパラッチに追いかけまわされる毎日を送っているようだ。

そして彼女の背景も、すっかり明かされている。

そんななか、懸念していた通り、十数年前の事件の被害者とアマンダが瓜二つだと言い出す者が現れた。最初は一般市民のブログだかソーシャルネットワークでの発言だったか。たちまちそれは広がりを見せ、比較写真が載せられ、さらに拡大していった。

そこからは早かった。たちまち被害者青年とアマンダの叔父の関係性が指摘され、検証され、ラーシュがつかんできた以上の話がいろいろと出てきた。

どうやらレインの母親は離婚後、新しい男とともにアメリカへ渡ったが、間もなく捨てられ、上手くいかなかったのは子供のせいだと思い込むようになったらしい。挙げ句に、例の森へ捨てたのではないかと推測されていた。

筋は通っているし、当時の関係者の証言も取れていた。

そしてエルナンたちも見た、二歳のときのレインの写真も登場し、検証の末に、本人である可能性が高いということになった。

十六年前の事件は、そうやって蒸し返された。

大統領候補と言われていた政治家の支援者による、監禁と暴行。さらには殺人未遂。被害者であるレインは、発覚当時こそ成人していたが、十八歳のときから継続的に性的暴行が加えられていたことが確認されたし、薬漬けにされていたことも露呈した。おまけに客も軒並み社会的地位のある者ばかりだった。名士と呼ばれるような人物たちが、寄ってたかって一人の青年を犯していたという事実は、あらためて世間に衝撃を与えた。

その被害者がアマンダの叔父に当たり、顔もそっくりとなれば、話題にならないはずがない。彼女はインタビューに応え、亡き母親と祖父の思いを切々と語り、生きているならば会いたいと涙した。そのことが、さらに騒動を盛り上げたきらいがある。

いま、アメリカではアマンダの叔父捜しが始まっている。アマンダの知名度は上がる一方だ。もしかしてこの騒ぎは、彼女の関係者が仕掛けたことではないか。そう疑ってしまうほど、彼女にはプラスの作用をもたらしているのだ。

悲劇に見舞われた身内のために流した涙は美しく、普段のキャラクターとのギャップに感涙した者も多かったという。そして彼女の美貌にも、ある種の箔《はく》がついた。なにしろ彼女とそっくりの青年が、悲劇を引き起こすほど――何人もの地位や名誉のある男たちを引きつけてやまなかったほど美しく魅力的だったということになるからだ。

彼女に罪はないのだろうが、どうにも釈然としない。レインが彼女を気にかけているとわかるだけに、なおさらだった。

「思い出すの、つらいか?」

「……そうでもない」

「本当に?」

「少し、いやな気持ちになるだけだ。つらいってほどじゃない」

トラウマはもうないし、自分のこととして怯えているわけでもない。ただいやな話、凄惨《せいさん》な話を聞いてしまったときのように、いやな気分になるだけだという。

「よかった」

「もう、おまえとのことしか思い出さないよ」

「そうなのか」

「あれだけすれば当然じゃないのか。いちいち強烈だし」

ならばエルナンは、レインの経験を自分とのそれで塗り替えることに成功したわけだ。この一年と数ヵ月、三日にあけず抱いてきた甲斐があったというものだ。

もちろん義務的にしたことなど一度もない。常にエルナンは、レインを抱きたいから抱いている。

「気持ちいいの、好きだろ？」

「否定はしない」

こんな軽口を言いあえるくらいには、レインもセックスに対して吹っ切れてきている。繰り返し繰り返し、これは当たり前のことだと、むしろ自分が望んでいるのだと教え込んだ成果が見事に実を結んだ。

くすりと笑い、エルナンはレインを抱き寄せ、背中から腰へと手を滑らせた。少し前まで抱いていた身体は、それだけでぴくっと小さく震えた。

「終わりじゃなかったのか」

「どうせ眠れないんだろ？　だったら、しよう。足りなかったし」

「普通、二回もすれば充分だろ。何日も空けてるわけじゃあるまい、し……っ、ん」

尻を揉《も》んでから、双丘のあいだに指を滑らせると、レインは小さく声を上げた。指先が最奥に触れたからだ。

「まだ濡れてる」

「へんな言い方するなっ……」

「俺の出したのがあふれて、濡らしてる」

「んぁ……っ」

笑いながら言い直し、ずぷりと指を差し入れる。さっき出したものをかき出すようにして動かすと、たちまちレインは身をくねらせ、甘い声で喘ぎ始めた。

耳を撫でる声が心地いい。気持ちがいいと素直に教えてくれる媚態はエルナンを煽り、際限なくレインを求めることになってしまう。

（やっぱりアマンダより、きれいだ……）

同じ顔をしていても、彼女にはエルナンを——男をその気にさせるものが足りないのだ。レインは姿形だけでなく、醸し出す空気感のようなもので、男の目を引きつけ、魅了してしまう。

以前はそれでも気を張り詰めていたからマシだったようだが、エルナンがそばにいるようになって緩んだのか、フェロモンを常に垂れ流していて困る。おかげで島のスタッフたち全員に、暗示をかけ直すはめになった。そうでもしないと、血迷う男が出てきそうだったのだ。

本当に蜜のような人だ。甘く男を誘い、惑わしてしまう。

用もなく島を訪れる同族が増えたのもそのせいだ。エルナンがいても、ふらふらと誘われるようにして近づいてきて、舐めるようにしてレインを見つめるのには閉口している。

ツリーハウスに逃げたのは正解だった。

ぐちゅりと指をかきまわし、絡みついている感触に笑みをもらす。指を増やして三本にし、音を立てながら前後に動かすと、レインはシーツに爪を立ててひどくよがった。

指だけでも簡単にいかせることはできるが、いまはそこまでする気はなかった。

「いま、一番狙われてるのはレインらしいよ」

ラーシュによれば、英里よりも人気が高いのだという。一度でもいいから抱きたい、それが無理なら、せめて抱かれてよがっているところを見たい、という異様な熱意がそこかしこで噴出しているらしい。

「あっ……嬉しく、な……ぁあ……っん！」

まったくもって同意見だった。エルナンは誰にも見せたくない媚態を堪能《たんのう》しつつ、なかに放ったものをすべてかき出し、レインを俯せにした。

尻だけ高く上げさせ、さっきまで指でさんざんいじっていたところに舌を寄せる。いつまでたってもきれいなそこを舐め潤し、尖らせた舌で犯すと、鼻にかかった甘い声はたちまち濡れた嬌声に変わった。

「ぁん……やっ、あ、あ……っ」

薄い背中が波打って、内腿ががくがくと震え出す。

絶頂に達しやすい身体は、それから数回舌で突いただけで、大きくわななないて果てた。ぐったりとラグに突っ伏し、レインは蕩けた表情で空を見つめている。

扇情的だ。見慣れたエルナンでも、むしゃぶりつきたくなるくらいだった。

浮き上がった肩胛骨《けんこうこつ》やうなじにキスをすると、それだけでも感じるらしく肌が震える。どこもかしこも敏感で、触れるのが楽しくて仕方ない。

レインからなにかしてもらおうとは思っていなかった。感じてくれれば、それでいい。ましてレインにフェラチオをさせる気は皆無だ。昔、彼がそれでさんざんいやな思いをしてきたのを知っているからだった。

無理矢理咥《くわ》えさせられ、飲めと強要され、喉の奥まで突き入れられ――。はっきり聞いたことはなかったが、破滅した連中の扱いを考えれば容易に想像がつく。レインが急激にやせ細っていったのは、食事ができなくなったせいでもあるのだ。呼び出されて戻ってきたあとは、水さえも喉を通らなかった。口に入れても吐いてしまう。彼がバル・ナシュになっていっさい食事をしなくなったのは、あの頃の影響が少なからずあったのだろう。いまでも引きずっているわけではないだろうが、すでに習慣になったということだ。

レインが自分からしたいと思うまで――パートナーへの義務ではなく、したいと思えるまでは、このままでいいのだ。

仰向《あおむ》けにして、大きく開かせた脚の付け根を強く吸う。

浮き上がった赤い痕は、しかしそう時間を置かずに消えてしまうものだ。いくら痕をつけても、残ることはない。ようは鬱血《うっけつ》だから、バル・ナシュの身体が勝手に治癒してしまうわけだ。

「バル・ナシュの欠点は、ここだな」

「……え？」

「キスマークが残せない」

確か以前、カイルも同じことを言っていたような気がするから、この思いはエルナン一人のものではないのだろう。

意地になっていくつも痕をつけていると、レインがもどかしげに腰を捩った。吸われたり歯を立てられたりすれば当然感じるわけで、いまつけたばかりのキスマークをべろりと舐めると、可愛らしく喘いでかくんとのけぞった。

「やっ、も……う……」

「もうさっきのが消えかけてるな……」

「はぁ……なんで、そんなもの、残したいんだ」

心底理解できないといった感じのレインに、エルナンが驚いてしまう。レインにはそういった欲求がないらしい。

「ようはマーキングだな」

「そんなことしなくても、俺はエルナンのものだろ……？」

「本当、さらっと可愛いこと言うし」

ましてや快感で頬を上気させ、目を潤ませているのだから、誘っている以外のなんだというのだろう。

言外に「むちゃくちゃにして」とお願いされているのかもしれない。

明らかに見当違いのことを考えながら、エルナンはレインの身体を深く折り、充分に高まっていたものを押しつけた。

さんざんいじられた場所はとろとろに溶けていて、抵抗はあるものの難なくエルナンを呑み込んでいく。

「あぁっ……」

のけぞってさらされる喉に噛みつきたくなって、深く最後まで挿入したあと、首を舐めて噛んで、強く吸った。

ずっと尖りっぱなしの乳首を指の腹で擦《こす》ると、後ろがきゅうきゅう締まって、気持ちよくてたまらなくなる。

そのまま動き出し、自分の快楽を追い始める。もちろんレインを泣かせることも忘れない。

深く浅く突き上げて、ときにはぐるりとかきまわす。耳を打つ嬌声と、官能に染まる表情が、エルナンをさらに興奮させる。

もっと気持ちよくさせて、喘がせて、乱れさせてしまいたくなる。

「レイン、気持ちいい……？」

「いい……っ、あ……ぁ、ん……い、い……」

膝が胸につくほど深く折っているから、レインはほとんど動けない。ラグにかけたシーツをつかんで、何度もびくびくと身体を震わせた。

深い挿入から少し腰を引き、レインの弱いところを執拗《しつよう》に攻める。

「ひっ、う……ん、や……あぁぁっ……」

悲鳴じみた声を上げてのたうち、レインはがくんとのけぞりながらいった。

強く締め付けられ、エルナンは息を詰めながら深いところで果てた。ひくん、ひくんと、レインが小刻みに震える。

彼はけっして言わないが、こうやって出されるのが好きなのはわかっていた。

投げ出された腕の白さに、ふと目を奪われる。レインの肌は透き通るようで、いつだってエルナンは舐めたくて仕方ない。男にしては少し高めの声は、普段は硬質な響きを持っているのに、感じているときはぞくぞくするほど甘くて艶やかだった。焦点のあわない目はどこかあやうげで、とろりと溶けた顔に情欲をそそられてしまう。

「エロいな、ほんと……」

絶頂の余韻で痙攣している身体をさらに揺さぶり、それから何度もレインをいかせた。

よすぎて泣き出すレインを見るのが好きで、ついいじめてしまうのだ。それでも全部許してくれると、許容してくれると知っているからだ。

「愛してる、レイン」

ぎゅっと抱きしめて、耳元で囁く。

白くて細い腕がゆっくりと上がり、背中を抱き返してくれたことに、たまらなく幸せを感じた。


眠っているレインをロフトに残し、エルナンは静かに外へ出た。といってもデッキ部分に置いた椅子――脚も伸ばせるデッキチェアで作業をするだけだ。

島に自生しているブドウと水が、仕事のお供だ。

下心でいっぱいの同族たちがレイン見たさに来ることがあるので、上がって来られないように階段の手前には頑丈な玄関ポーチのようなものを作ってもらい、ロックをしている。もちろん壊そうと思えば簡単だが、いまのところそこまでする者はいなかった。レインが一人でいるならばやりかねないが、エルナンが一緒なので、無駄なことはしないらしい。

パソコンを開いてメールを確認する。クラウスからのメールが届いていた。ファイルが添付されているようだった。

「……は？」

メールの内容に、エルナンは唖然とした。

なんでもエルナンのかつての同僚が、単身でコルタシアの隣国を訪れたらしい。ターミナルケアを受けた施設を訪問し、担当者を始めとするスタッフに話を聞き、エージェントにも会い、墓を訪れたという。

「なんで、また……」

確かにそこそこ親しくはしていた。だがあくまで仕事での繋がりでしかなく、わざわざ遠い地まで足を運び、感傷に浸《ひた》るような仲ではなかったはずだ。

メールによると、エージェントから報告を受けたクラウスは、ちょうど一番早く動ける場所にいたこともあり、墓に先まわりしたのだという。同僚が一人であることは確認できていたので、あえてエルナンの墓――共同墓地の近くで、待ち伏せしたらしい。

自然に言葉を交わし、暗示をかけ、聞き出したという話が音声データとして送られてきたのだった。

エルナンはファイルを開いた。雑音が処理された、比較的クリアな音声が聞こえてきた。

『ご友人ですか』

『そう……ですね。仕事の繋がりでしたが』

『このあたりの施設は、とても評判がいいんですよ。きっとご友人も、苦しむことなく逝かれたと思います』

『ええ、そう聞きました』

よく知った声だったが、懐《なつ》かしいという気持ちはなかった。エルナンのなかでは、まだそれほど遠い昔ではなかったからだ。

だが記憶にあるよりも、同僚の声は憂いを帯びていた。

年が同じだったこともあり、よく飲みに行った。同僚には学生時代から付き合っていた彼女がいて、エルナンが発病する半年前に結婚した。エルナンが特定の相手を作らないことに苦言を呈し、それがきっかけで、昔の話をするに至ったのだ。

思い人が男であることも打ち明けた。自分のすべてだということも言った。それでもたぶん、彼はエルナンの本気を完全には理解していなかったように思う。

少しのあいだ沈黙があり、そのあと会話の雰囲気はがらりと変わった。

『なぜ、わざわざここまでいらしたんです？』

クラウスが暗示をかけたらしい。特別な言葉はいらず、目を見て記憶や指示を植え付ければいいだけなのだ。クラウスほど長く生きていれば、その力も技量もかなりのものだろう。

『アマンダのことで、あの事件が掘り返されたからだ。あいつの大切な人の……本当の名前や肉親がわかって……報告しなければと……』

『それだけですか？　誰かから、指示を受けたのでは？』

『違う。個人的なことだ』

『ではエルナンの行動に、疑念は抱いていないということでよろしいですか？』

『………』

　同僚は黙り込み、エルナンはひやりと背筋が寒くなった。へまをした覚えはないが、ひどく焦った。

『納得は、していない』

『それはなぜ』

『あいつが……エルナンが、あの人の眠る地から離れるなんて、あり得ないんだ……』

　エルナンははっとした。確かにその通りだ。レインが生きていると知っていたからこそ躊躇なくあの国を出たが、知らなければ違和感として残ってしまうのだろう。同僚には、エルナンが捜査官になった動機を語ったことがある。レインへの思いも、きっとことあるごとに感じとっていたのだろう。

　盲点だった。そして同僚が、思っていた以上にエルナンの決意を理解していたことに驚いた。

『だから、ここへ来ればなにかわかるんじゃないかと……』

『わかりましたか？』

『いや……ますますわからなくなった。残された時間を幸せそうに過ごしていたなんて……あいつらしくない』

『そうでしょうか』

『え？』

『事情はわかりませんが、その方は大事な人の元へ行くのが、楽しみだったんだと思いますよ。やっとそばへ行けると思ったんです』

エルナンはクラウスの声がわずかに変わったことがわかった。これは新たな暗示だ。クラウスの言葉こそが正しいと、エルナンの心情を代弁したものだと、同僚に思わせるためのものだった。

『そばへ……』

『ええ。ここの景色や空気は、きっと大事な人を思わせるものがあったんですよ。清廉で美しくて、すべてを包み込むような……』

『ああ……そう、そうです。エルナンは、あの人のことをそう言っていた……だからあいつは、ここで最期《さいご》を迎えて……』

その続きは上手い言葉にならなかったらしく、しばらく黙り込んだあと、同僚は短い言葉で礼と挨拶をすませて立ち去ったようだ。

「すごいな……」

思わず拍手したくなるほどの手並みだ。最後のほうで聞けた同僚の声は、確信に満ちあふれていた。心なしかすっきりと晴れやかな感じもした。

さすがは次期指導者だ。あの男にはあまり逆らわないようにしよう。

これを送ってきたのは、聞かせるのが手っ取り早い報告になると思ったのもあるだろうが、エルナンの手際が悪かったことを暗に指摘するためだ。完璧だと思っていたが、穴があったことは認めざるをえなかった。

メールの返事をしなくてはいけない。手間をかけた謝罪と礼、そして必要と思われるコメントを打ち込んでいたら、小屋の扉が静かに開いた。

レインはシャツを引っかけただけの格好で、ふらりと出て来た。ボタンはかろうじて下のほうが留まっているだけだ。

「ばっ……レイン！　そんな格好で出てくるんじゃない！」

まだ日は高い。誰がいつ、レイン目当てに来ないとも限らないのだ。幸い、木が多くて視界は悪いので、遠くから望遠で覗かれる心配はないが。

「デッキで下からは見えないし、離れたら今度は枝や葉で見えない」

だからいいんだと言わんばかりだが、エルナンの心中は穏やかでなかった。慌てて戻そうとするが、レインはさっさとエルナンの膝に横向きで座ってしまう。

「聞こえてた」

「……そうか」

「エルナンは、好かれてたんだな」

嬉しそうなレインの顔に、なにも言えなくなった。肯定するのは恥ずかしいし、否定するのはどう考えても違う。それにレインは、エルナンが外の世界で良好な人間関係を結べていたことを心から喜んでいる。

以前の生で、命を賭《と》して守ったこと。新しい生で、すべてを傾けて支えたこと。それらが報《むく》われたのを実感しているのだ。

「本当……レインって俺のこと、愛してるよな」

「当たり前だ。可愛くて、仕方なかったんだ」

「いまは俺が可愛がってるけどな。全力で」

するりと腿を撫でると、びくんと震えつつも、レインはいたずらする手をはたき落とした。軽く睨んでいるが、色っぽいだけだった。この顔が余計に欲情を煽っているのだと、彼は理解しているのだろうか。いや、間違いなくしていない。していたら、するはずがないのだ。

「おまえは全力でやりすぎる」

「いやじゃないくせに」

「うるさい」

「レイン、突っ込まれたまま抱きしめられるの、大好きだもんな。正面からと背中からと、どっちがいいんだ？」

「黙れ」

口を押さえようとした手を取って、後ろ手で一つにまとめる。力では圧倒的な差があり、もがいても拘束《こうそく》を解くのは無理だ。デッキチェアがぎしぎしと鳴るだけだった。

シャツ一枚の格好で、膝の上で手の自由を奪われて、脚をばたつかせているなんて、このまま犯してくれと言っているようにしか見えない。きわどいところまでめくれ上がったシャツの裾にも気付いていないのだろう。

「ここでまた抱かれたい？」

同じような状態から、セックスに雪崩《なだ》れ込んだのは何日前だったか。騎乗位で乱れるレインの媚態を思い出し、下肢《かし》が熱くなってきた。

「馬鹿っ。いまはおまえの同僚の話だろ」

「ああ……でも、片はついたみたいだし、別に気にすることでもないだろ。アマンダの騒ぎから、派生しただけだし」

やはり問題はアマンダの件だ。ピークは過ぎたかもしれないが、レインの顔写真はあちこちに広がってしまい、すでに回収は不可能だ。インターネット上に、それこそ数え切れないほど拡散してしまったのだから。写真は十八歳になった直後くらいに撮られたものだった。ボスの斜め後ろを歩いているところを、どこかの誰かが撮ったものらしい。現在の姿よりは少しだけ幼いが、それだけにさらに中性的で、心を鷲《わし》づかみにされた者があちこちにいると聞いている。

「クラウスは、あと五十年は島にいろって言っていた」

「どうせレインは、行きたいところとか住みたいところとか、ないんだろ？」

「……ないな」

「俺もないから、ちょうどいいな。むしろレインと二人だけの時間が取れるから、嬉しい」

外へ行けば、いまのような生活は送れなくなる。外での仕事もあるし、人目というものができるからだ。家に籠もって、夜となく昼となく抱きあう生活など送れまい。

結果だけ見れば、バル・ナシュに害はなかったし、エルナンとレインと二人だけの世界はさらに延長されたのだから、そう悪くない騒動だった。

ただし精神的な面は別だ。

「レインは不愉快な思いしたよな」

「あれは俺じゃないから、もういい」

教会で付けられた名も、アマンダの叔父だという男の名も、レインにとって自分のものではないのだ。公開された写真だって、かつての自分ではあるかもしれないが、いまの自分ではない。だから、別にいいのだと彼は言う。

強がっている感じではない。いつの間にか彼は本当に、過去を過去と割り切ったのかもしれなかった。

「記憶はある。でも、感覚としては遠いんだ」

「それはいいこと?」

「俺にとっては。変な癖は、いろいろ残ったけどな」

たとえばまだレインは暗闇が怖いし、抱きしめていないとちゃんと眠れない。セックスに関することも、いくつかある。

それでも時間は彼のなかで確実に流れていて、一緒に流されていったものも多いようだ。

「昔と同じように触るのも、癖だな」

「子供扱いじゃないのか」

「俺は子供に抱かれる気はない。おまえが子供じゃないのは、いやというほど知ってる」

白い肌は、ほんの少しの赤みさえよく目立つ。目の縁が赤くなったのは、エルナンがしたあれやこれやを思い出したからだろう。

なるほど、と自然に笑みがこぼれた。

「そういうエルナンは？　あの騒ぎで……」

「俺は別に」

「嘘だな」

とっくに暴れなくなったので手を離すと、レインはきゅっと鼻を摘まんできた。まるで子供を叱るようなしぐさだ。これが彼の言う、残ってしまった癖なんだろう。

「アマンダのことを知ってから、少し機嫌が悪いだろ」

「え……あー、機嫌が悪いというか……」

「いうか？」

じいっと見つめられると、嘘やごまかしがつらくなる。自分も人のことは言えないのかもしれない。

レインを「親」と思う部分は、やはりどこかに残っているものだ。

自分は彼の唯一の恋人で、唯一の子供だったから。

だからだろう、アマンダに嫉妬したのは。そうあれは嫉妬だった。彼女を見つめていたレインが、身内を見つめているように思えてしまったから。

自分以外がレインの特別な場所に入るのはいやなのだ。それがたとえ、会うこともできない実の姪《めい》であっても。

「俺は欲張りなんだ」

「知ってる」

「あんたのなにもかもが、自分のものでないと気がすまない。あんたの気持ちが、俺以外に向くのがいやでたまらない」

「……アマンダのことか？」

すぐにわかるあたり、やはり自覚はあるということらしい。レインはふうと小さく息をつき、少し考えるようにして黙り込んだ。

肉親を持ったことがないレインにとって、自分そっくりな姪が気になるのは仕方ないことだ。わかっていたが、エルナンは素直にそれを喜べなかった。

「特別な意識はある。それは認めるよ」

「ああ」

「でも、愛情は向けられない。幸せを祈ってはいるけど、それだけだ」

「姪なのに？」

「血の繋がりも、過去のものだ。彼女にいまの俺は必要ない存在だろ？」

かつてのレインはもう充分役に立った。一連の騒動で知名度は格段に上がったのだから。

そしてエルナンは、昔もいまも狂おしいまでにレインを求めている。こうして手にしたいまですら、貪欲《どんよく》に求め続けるほどだ。

「昔からずっと、俺にはおまえだけだよ」

「レイン」

きつく抱きしめ、腕に閉じ込めた。セクシャルな繋がりよりも、いまはこの人を強く抱きしめていたかった。

互いに言葉もないまま、息づかいと体温だけを意識する。

風が木立ちのあいだを抜けていく音が聞こえ、木漏れ日がきらきらと落ちてくる。暑くもないが、寒くもない。穏やかな空気があたりを包んでいた。

眠ってしまったかと思ったが、レインはただじっとしていただけだった。

「ずっと、俺だけがレインに夢中で、好きすぎて……おかしいんだと思ってた」

「おまえみたいに、わかりやすく激しくないだけだ」

「そうだな。レインは、激しいけど……静かだから」

秘めた激しさで、彼はエルナンのすべてを包んでくれる。愛情も欲望も、この細い身体と深い心で受け止めてくれるのだ。

エルナンの、ただ一人の愛おしい人。

この寿命が尽きる頃には、少しはエルナンの愛情も静かで柔らかなものになっているだろうか。ふとそんなことを考えて、無理だろうなと思った。きっとエルナンは死ぬまで激しくレインを求め続けるのだろう。

「水……もらっていいか」

ふいにレインが呟いて、丸テーブルに置いた水に手を伸ばす。パソコンは開きっぱなしで、ディスプレイの電源は落ちていた。

もちろんと返事をしかけて、はたと思いとどまる。

「……これ、少し食べてみないか？」

エルナンは水の代わりにブドウを一粒指で挟み、レインの口元まで持っていく。粒としてはそう大きくもないし、甘みが強いわけではないが、まずいというほどでもないものだ。

いまならば、というより、そろそろ大丈夫ではないかという予感があった。過去は過去だと言い切れた彼ならば、ものを口にするのもできるのではないか。

あとはきっかけだ。

じっとブドウを見つめるだけでレインは動かない。だが顔をそむけることも、言葉で否定することもしなかった。顔にはほんの少しのためらいと迷いが見えた。

エルナンはブドウを口に入れ、そのままレインと唇を重ねた。そうして舌先で粒を押し出し、レインの唇に触れたところで噛みつぶした。

じゅわりと果汁が流れていく。レインの喉が鳴ったのを確かめて、果肉をさらに押し込んだ。

「美味《うま》いか？」

飲み込んでから、レインは頷いた。

「もっと？」

「おまえが、くれるなら」

互いの服や肌が果汁でベタベタになったが、かまうことはなかった。レインの肌は、あとで隅から隅までエルナンが舐めるからだ。

レインがくすりと笑った。

「ん？」

「いや、おまえもすごいことになってるなと思って」

「ちょっ……レイン？」

ぺろりと顎から喉を舐められて、エルナンはぎょっとした。したが、それ以上に下半身が反応してしまった。

すぐにレインはそれに気付いて、少しためらったあと、そっと手を伸ばしてきた。

「っ……」

「感じる？」

「それは、まぁ」

「……おまえの反応、見てみたいな」

妖艶とも言える表情で、レインが囁く。わずかに覗く舌のピンク色が壮絶に色っぽくて、エルナンはごくりと喉を鳴らしてしまう。

いつまでも待つつもりでいた。何十年かかろうと、一生そんな日が来なくてもかまわないと思っていた。

なのにレインはいま、エルナンの膝から下りて、脚のあいだに身体を置いた。

少し緊張しているのはわかる。ときどき見上げてくる目には羞恥もあったが、どこか甘かった。

そっと手を伸ばし、股間に顔を埋めようとするレインの髪を撫でた。

愛執の虹

朝と呼ぶには少しばかり遅い時間に、エルナンとレインはツリーハウスのテラスで朝食を取っていた。テラスは小屋から――家というのは憚《はばか》られるので小屋にしておく――、二メートルほど張り出して作られていて、転落防止用のフェンスがついていた。

丸テーブルの上には、コーヒーとサンドイッチ、それとカットフルーツだ。

椅子《いす》はデッキチェア一つだが、レインがいつものように膝に乗っているので問題はなかった。天気がよければ、ここでいつも朝食を取る。

「……誰か来た」

いち早く気付いたレインが、意識をそちらに向けたが、エルナンはかまうことなくその顎《あご》を取り、口に含んだオレンジを嚙んで唇を重ねた。

果汁を含ませ、そのあとで果肉ごと押し込む。舌先が触れると、少しこわばっていた身体《からだ》から力が抜けた。

「う……んっ、んん……」

口に入れたオレンジを転がすように、舌でレインの口腔《こうこう》を舐《な》めまわす。舌先を捉え、強く吸うと果汁まじりの唾液がエルナンの口に入ってくる。

身体を撫でながらキスをすると、あっという間にレインは蕩《とろ》けた。

ポーチが開いた音も、とんとんと軽い足取りで複数人が上がってくる音や振動にも、ぼうっとしてまったく気付けないでいる。

くちくちと舌を鳴らしてキスをしていると、プラチナブロンドの頭が視界に入った。

「あーっ、キスしてる！」

響き渡る叫び声に、レインがはっと我に返った。離れようとするのを後頭部から押さえて、エルナンからゆっくりと唇を離していく。我に返った勢いで振りほどかれるより、余韻《よいん》を残して終わるほうが好みだからだ。

「どうして……」

ポーチには鍵がかかっているはずなのに、とレインは困惑気味だ。ラーシュはともかく、すぐ後ろにカイルと英里《えいり》が来ているので、この二人に限って壊すなんてことはないと思っているのだ。それは正しかった。

「開けておいたんだ」

「え？」

「十時に、ここに来るってことになってて。いや、呼んだのはカイルとエーリだけで、ラーシュは勝手に来たんだが」

「仲間外れ反対ー」

「……聞いてない」

不機嫌そうな顔と声だが、目が怒っていなかった。どちらかと言えば叱っているような雰囲気だ。

エルナンが故意に黙っていたことに気付き、目的までも悟った上で、仕方ないなと許してしまっているのだ。

見せつけるのが目的だった。だからいつものように朝食はテラスで取ったし、勝手に上がってきてくれと言っておいたのだ。

カイルと英里はなにも言わなかったが、ラーシュは容赦《ようしゃ》なく突っ込んできた。

「なにその座り方」

「椅子一つしかないんだ」

「いやいや、そういう問題じゃないでしょ。もしかして、それいつものことだったりする？」

「ああ」

「この人たち朝から外でお膝抱っこでなにしてんの」

「見ればわかるだろ、食事だ」

「いやいや、違うよね。それ、ただのイチャイチャでしょー！」

騒ぐラーシュを尻目に、エルナンは半分にカットされたイチゴを噛み、レインの口にそっと押し込んだ。

いけないものを見た、とばかりに英里が顔を真っ赤にして下を向く。隣でカイルは、なにか企《たくら》んでいるような顔をしていた。あれは絶対にあとで同じことをやるつもりだ。

「ああ、レインってばエロい……じゃなくて！　なにそれ、なんなのそれ！」

「仕方ないだろ。こうしないと、レインは固形物を食べないんだ。固形物っていっても、フルーツ限定だけどな」

「ちょっ……エロいよ、エロすぎだよレイン！　エルナンの口移しでのみ食べられるとか、なんなのほんとにもう！」

相変わらずのテンションでわめくラーシュにも、レインはまったく動じなかった。もともとキス程度の行為を人に見られて恥じらう性格はしていないのだ。躊躇《ちゅうちょ》や羞恥心《しゅうちしん》はあるのだが、表に出すほどではないらしい。

そもそもこれはレインにとって「食事」なのだし。

「落ち着けよ、ラーシュ」

「無理。あー、ツリーハウスでめくるめくエロスの世界っていうのは聞いてたけど、想像してた以上だよ」

「……なんだ、それは」

レインが眉をひそめてラーシュを見た。いままでは聞こえていないかのような態度だったが、ちゃんと聞こえていたらしい。

「夜な夜なレインの喘《あえ》ぎ声が聞こえるらしいじゃん。結構近くまで、聞きに来てる連中いるんだよ。知らなかった？」

「……へぇ」

普段よりも低い声が聞こえる。怒っているわけではないだろうが、思うところはあるようだ。だがラーシュはそれに気付いていなかった。

「たまんないって、みんな鼻息荒かったよ。声だけで充分抜けるって。だからほら、最近なんでもないのに入れ替わり立ち替わり、常に十人以上いるでしょ？　あ、ちなみに音声データは僕ももらいました。いや、ほんとにいい声だよね、レイン。喘ぐときって、少し声高めなんだね。っていうか、エルナンが意外とSっ気あるみたいでびっくりなんだけど。やっぱ窓開けてるときとか、デッキでやってるときが、クリアでいいよねぇ」

「そんなものが出まわってるのか」

「回収したほうがいいんじゃ……？」

カイルと英里が気遣《きづか》わしげにレインを見るが、当のレインはじっとエルナンを見ている。

さすがにそこまでは知らなかったエルナンは、無言の問いかけに少しだけ焦《あせ》った。レインの表情はすっかりなくなっていて、怖い。なまじ顔がきれいすぎて、無表情が本当に怖かった。

「いまのは初めて聞いた」

弁解するようにエルナンはかぶりを振った。実際初耳だった。

だがレインはうろんな目をした。故意にキスシーンを見せつけたあとだけに仕方ないが、ここは声を大にして言いたい。

「いや、ほんとに知らなかったんだ。レインの声を、俺が人に聞かせたがると思うか？」

「……キスを見せるのはいいのか」

「キスはありだろ」

「基準がよくわからない」

よくわからないと言いつつも、レインは一応納得して引き下がった。基準はともかく、エルナンが知らなかったことがわかったので、それでいいと思ったらしい。こんなことで嘘をつくとは微塵《みじん》も思っていないのだ。

成り行きを見守っている三人――一人だけ目を爛爛《らんらん》と輝かせているが――に視線を向け、エルナンは小屋のなかを示した。

「なかで待っててくれ。適当に茶でも飲んでくれていい」

もちろん用意は自分たちでするとになるが、設備は整っているので問題はない。水も電気も使えるのだ。

カイルは英里を伴って小屋に入っていったが、ラーシュはまだ同じ場所でこちらを凝視《ぎょうし》している。かまうことなく残っていたオレンジを口に入れ、唇を結びあわせながらレインに食べさせ、そのまま舌を絡《から》めた。

「なんでされるがままなの。こんなのレインじゃなぁーい！」

ちらっと横目にラーシュを見ると、ムンクの叫びのようなポーズを取っていた。完璧《かんぺき》なその容姿と滑稽《こっけい》なポーズがシュールすぎて、笑うのを通り越して感心してしまった。

レインの表情はキスの影響しか受けていなかった。目がトロンとしていて、力が入らないのかエルナンにもたれてくる。

髪を撫でると、気持ちよさそうに目を閉じた。

「あああ、可愛い可愛いっ。なにそれ猫みたい可愛い……！　レインが雪豹《ゆきひょう》じゃなくて子猫になってる！」

「うるさい」

「欲しい欲しい、ずるい、それ欲しいっ」

「誰がやるか。だいたいなにがずるいんだ」

「だってレイン、僕とかには冷たいのに……！　蔑《さげす》むような目で見るのにーっ」

いつの間にかそのレインは目を開けていて、目だけラーシュに向けている。そこに感情はない。冷たいというよりも温度がなく、蔑むというよりは無機物を見ているようだった。だからラーシュの言い分は、多分に被害妄想なのだ。もちろんプラスの要素が微塵もないのは確かだが。

「あんたの言動のせいだな。カイルやエーリには、普通にしてるだろ。なぁ？」

「相手によって対応が変わるのは、仕方ないんじゃないか。客商売でもあるまいし」

レインの答えはその表情のまま淡々としていて、さっきまでの様子との違いに、ラーシュはショックを受けていた。とはいえ芝居がかったものだから、どこまで本気かは計れなかった。

するりとレインはエルナンの膝を下り、使い終えた食器を手に小屋へ入っていく。そこに甘さを含んだ淫蕩《いんとう》な気配は微塵もなかった。

「ねぇ、レインはオンオフのスイッチでも持ってるの？」

「かもな」

言いながら意味ありげに笑ってしまっては、ラーシュに気付かれないはずがない。案の定、容赦なく突っ込まれた。

実際のところ、レインのあの態度はかなり無理しているものだ。第三者がいるから、高まった熱を必死でやり過ごし、無表情という仮面を被ってみせただけだ。キスだけだからなんとかなったが、愛《あい》撫《ぶ》までしていたら、とても無理だっただろう。表情がないのは、作るだけの余裕がないからで、なにも感じていないからではない。

「あれでも、取り繕《つくろ》おうとしてるんだよ」

「アイスドールとかスノークイーンとして？」

「そうそう」

「なるほどねぇ。本性は結構甘えんぼなわけか」

「ちょっと違うな。俺が甘やかしたがるから好きにさせてくれるんだ。あれは甘えてるんじゃなくて、あんたが言うとおり、されるがままってのが正しい」

そもそもレインは甘え方がわからない。甘えて欲しいと望んだエルナンに、どう応《こた》えていいのかわからず、考えた末になにもかも好きにさせればいいという結論に達したのだ。膝に座るのはエルナンが望んだからで、お姫さまのように抱き上げるのもエルナンが好むからだ。口移しでものを食べることも、風呂は常に一緒なのも、すべて受け入れている。

レイン自身はそれらに対してなんらストレスを感じないらしい。むしろエルナンとくっついている状態は、ひどく精神が安定するようだ。

「レインって、プライベートだと思考とか放棄《ほうき》しちゃうの？」

「放棄というか……ぼーっとしていたいらしい」

「それが本来の彼なのかもねー」

ラーシュは大きな溜め息をついた。そうして少しエルナンに近づいてくると、振り返って小屋の中を見て、笑顔でひらひらと指先を振った。こちらを見ていたレインと目があったからだ。なかなか小屋に入らない二人を気にしているのだ。

レインは客に茶の用意をしていた。その姿は、きっとラーシュたちが見慣れたレインだろう。

しばらく見ていたラーシュは、やがてうーんと小さなうなり声をもらした。

「逆だったのかも……」

「なにが」

「指導部は君の存在を警戒してたけど、危ないのはレインのほうかもってこと。バル・ナシュはメンタルも安定するはずだけど……彼は不完全って気がする」

「脆《もろ》いって意味か？」

「うーん、脆いというか……時限爆弾付きというか、耐用年数が短いというか」

「は？」

「君が現れなかったら、レインはどうしたと思う？」

「淡々と生きてたんじゃないか？　実際、俺が来る前はそうだったんだろ？」

「そうだね。親しい相手も作らずに、この島で毎日ただ作業をしてたよ。だから、みんな彼がただクールで、なれ合うのが嫌いなんだろうと思ってたんだよね。同族意識は芽生えても、基本的な性格までは変わんないから」

聞いていた話だから、頷くだけにしておいた。変化のない毎日に、時間の流れさえあまり感じなくなっていたとレインは言っていた。だから自分は、普通の人だった頃と比べて内面がほとんど変わっていないのだろうと。

「でもね、あのままだったら、きっとレインは壊れてたと思うんだよね。どんなに遅くとも、八十年以内にはさ」

具体的な数字に、エルナンは眉をひそめた。どういうことだと考えてみて、すぐに可能性にたどり着いた。

「俺……か？」

「そう。レインって、君の成長とか、普通の人間としての明るい人生ってのを、支えにしてたわけでしょ。っていうか、ほかになかったよね」

「……それは聞いた」

「だからね、君が死んだら――つまり、あのまま人としての寿命を全《まっと》うしたら、レインはそこから壊れ始めたんじゃないかな。長くても人の寿命は百年くらいでしょ。捜査官っていう仕事してたら、もっと早いかもしれないし」

可能性は否定できなかった。大きなケガこそなかったが、何度かひやりとした場面が――命の危険を感じた場面も数回はあったからだ。

「レインのそれは、問題になるのか？」

「君がレインより長く生きてくれたら問題ないよ。僕が死ぬより先にそういうことになったら、報告するけどね」

「……あんた実は指導部なんだろ」

「ただの繋《つな》ぎ役だよ。クラウスとカイルのちょうど真ん中くらいだからね」

にっこりと笑うラーシュに、これ以上なにか言う気が失せる。どちらが地なのかは知らないが、食えない男であることには変わりないだろう。

エルナンは、はぁ……と溜め息をついた。

「あんたと話してると疲れるよ」

「よく言われる」

予想外にヘビーな話になってしまったが、ラーシュの顔は終始にこやかに笑っていた。小屋にいる三人から見たら、楽しげに他愛《たわい》もない話をしていたように見えたことだろう。エルナンが小屋に背を向けて座っていたからなおさらだ。

「行こっか。お茶入った頃かなー」

軽い足取りのラーシュを見つめてエルナンは嘆息《たんそく》し、続けて小屋に入っていった。なかに入ると、ふわりと紅茶の香りがして、四人分のカップが床に直接置かれていた。来客を想定し、一応カップは用意してあるが、テーブルや椅子はないのだ。

「わぁい、レインの隣ーっ」

ラーシュは嬉嬉《きき》としてレインのすぐ隣に腰を下ろした。警戒して手を出すようなことはしないが、ずいぶんと嬉しそうだ。

一方のレインは逃げるようにして身体をずらし、反対側の隣に座ったエルナンに身を寄せる。ひょいと腰を抱いて引き上げ、あぐらをかいた脚の上に座らせた。チェアか床かの違いで、やっていることはさっきと同じだ。

「それが基本なの？」

「ただのラーシュ対策だ」

「えー、別にお触りしようなんて考えてなかったのにー」

ぶつぶつ文句を言う様子に不自然さはまったく感じられず、これもまた彼の真実なのだろうとすんなり思わせた。

エルナンたちの向かいにはカイルと英里が並んで座っており、英里はきょろきょろと興味深げに室内を見まわしていた。

「好きか、こういうの」

「木の匂いが好きなんだ。新築の匂いがする」

「そうか……ログハウスもいいかもな」

「なになに、新居の話？　確かに君たち、今度はカナダだよね、バンクーバー。ある意味本場じゃん、ログハウス」

定期的に居場所を変える同族たちは、基本的に都市部に居《きょ》をかまえる。都会のほうが紛《まぎ》れ込みやすいからだ。なにごともなければ、エルナンたちも今世紀の終わりくらいには、世界のどこかの都市で暮らすことになるのだろう。

レインのことを考えると、あまり望ましいことではないが。

「確かに、この秘密基地感はいいな」

「子供の頃の冒険心みたいなものを刺激するよね」

「でもここで実際やってることって言ったら、エロいことだけどね！　あ、ベッドってロフト？　どれどれ……わー、なんていうかワイルド？　床でやっちゃう感じとか天窓から空が見えちゃう感じが青姦《あおかん》チックでいいね！」

「おまえは黙れ。もしくは先に帰れ」

「やーだー。あ、お茶美味しいね、レイン」

「それはよかった」

いつもの冷めた顔で、どうでもよさそうに返しているが、あくまでエルナンの膝にいる状態は、きっと向かいの二人から見たらシュールなのだろう。英里がときどき困ったような顔をして視線を逸《そ》らしていく。

ああいうところが、カイルにはたまらないのだろう。レインとはまったく反応の仕方が違うが、気持ちはなんとなく理解できるエルナンだった。万年新婚と呼ばれているのはだてではない。

「あんたたちのところも、スイッチ入ったら止まらなくなるわけか？」

「え？」

「なんの話だ。セックスか？」

「そう」

きょとんとする英里に対し、カイルはすぐにピンと来たようだった。どこか楽しげな笑みを浮かべ、英里の顔を見た。

「スイッチが入るというか、俺が入れるというか……とりあえず感度はよすぎるくらいにいいな」

「ちょっ……カイル……！」

「聞きたいことってのは、こっちの話か」

「バル・ナシュのセックスが、よくわからないから参考までに聞こうかと。基準とか、いろいろな」

「そんなの僕に聞けばいいのに！　カイルたちなんてお互いしか知らないけど、僕はいっぱい知ってるんだからさ。もったいないよ、いろんな相手とのセックスを楽しんだらいいんだよ。エーリとレインを抱きたいってやつなんか、山ほどいるんだから。あ、カイルとエルナンも、もちろんいるよ。やりたいのもやられたいのも」

周知のことでも、口に出して言われると気持ちの悪いことこの上ない。英里は溜め息をついているし、カイルは呆《あき》れ顔だ。そしてレインは目が据《す》わってきている。

だがラーシュはかまうことなく続けた。

「君たち、排他的《はいたてき》すぎ」

「パートナーだけってのは、自然なことだろうが」

「ずっと二人って、マンネリ化しないの？」

「しないな」

「うん、それが不思議。くっついたばっかりのレインたちはともかくさ、君たち何年たってるの。なんでいまだに朝から晩までやってたりするの」

「そういうのは休みの日だけだ」

「どうせそれ以外のときだって、やってんでしょ」

「まぁな」

涼しい顔で語られる床事情に英里は赤くなって目を泳がせ、レインは気の毒そうな顔をしてそれを見ている。どうやらレインは英里に対し、さらに親近感を抱いたらしい。同族たちのなかで「華《はな》」として扱われている二人は、目線も近いし年も比較的近いので、互いにしかわからない苦労を無言で確認しあっていた。狼《おおかみ》の群れから常に涎《よだれ》を垂らして見つめられ続ければ、思わず手を取りあったとしても仕方ないだろう。

エルナンは思わず溜め息をついた。

「なんでラーシュはそういうことまで知ってるんだよ」

「だって、用事があって午前中に電話したら『取り込み中』って言われて、午後かけたら出なくて、夜かけたら『じゃまするな』って言われたんだよ。だから次の日に、まさかずっとやってたのって聞いたら、そうだって。ちなみに先月の話だからね、これ」

「英里が可愛いから、ついな」

「どこかで聞いたようなセリフだな」

レインはくすりと笑い、エルナンの胸を手の甲でとんと叩いた。

可愛い、は口癖のように言っているし、なにかとすぐに手を出そうとするときや、続けて求めるときに、そういう言葉を使っている自覚はあった。

「やっぱりエルナンたちもかー。一対一で、そこまでやるのなんて、君たちくらいだよ」

「そうなのか?」

「乱交なら一日中ってのは、よくあるけどどね。やっぱりね、抱いてても差はあるわけよ。個人差ってものがあるじゃん。体力とか治癒《ちゆ》能力だって、横並びじゃないでしょ。快楽の度合いもそう。あとは相性だよね。やってて気持ちいいのはみんな一緒だけど、相手によって違うもんね。テクもあるし、気持ちの問題もあるし」

「普通の人間と同じだな」

「そうそう。結局ね、バル・ナシュのセックスっていうのは、快楽がちょっとばかし底上げされて、回数できちゃうってことなんだよね。普通だったらさ、やりすぎて痛くなったり疲れて気持ちいいとこじゃなくなるわけじゃん。それがないから、感覚どんどん鋭くなっちゃう、みたいなことなんだよ。二人とも、いきっぱなしになっちゃったりしない？　いく寸前の、とんでもなく高まった状態がずーっと続いたりとかさ」

ラーシュはレインと英里を交互に見て、非常に下世話な笑い声をもらした。

思い当たる節があるらしく、英里はかなり動揺していた。顔は赤いし、あうあうと言葉にならない声を発していて、見かねたカイルに回収された。ようするにエルナンたちと同じように膝に抱っこされ、ぽんぽんと背中を叩かれているのだった。

レインは問うようにじっとエルナンを見上げた。もちろん彼も身に覚えがあるはずだ。何度もエルナンはそんなレインを見てきている。

「本当だったな」

「だろ？　疑ってたのか？」

「そういうわけじゃない。ただ、こうやって聞くと、なるほど……って思える」

ラーシュの言葉と英里の反応。とりわけ後者はなかなかの説得力があった。

レインが自分を淫乱だと言って半泣きになっていた件は、すでに解決している。だが念のために仕上げはしておこうと思ったのだ。もちろん事前にカイルには確認ずみで、英里も同様だとわかった上でのことだ。ラーシュがついてきたのはイレギュラーだったが、勝手にべらべらと話してエルナンの手間を省いてくれたのでよしとしよう。

「あ、ちなみにさっきのは僕の体験じゃないからね。聞いたり見たりしたことだから。こう見えて、僕って抱かれたことないんだよねぇ」

「どうでもいい」

カイルが吐き捨て、腕のなかの英里を愛おしそうに撫でている。レインと違い、英里は人前であることを気にし、少しばかり固くなっていた。

「うう、相変わらずカイルが僕に冷たい」

「もういいから本当に帰れ。英里が怯《おび》えるだろう」

「エロトークになったなら、ますます帰れないじゃーん。あ、そうだ。教えてくれたら、帰ってもいいよ。たとえばエーリとレインがどんなふうに乱れるのか……とか、どこが弱いとか、なんだったらいまここで実践してくれても……」

「帰れ」

「やだー」

楽しそうな応酬《おうしゅう》を見ていると、さっきまでの真面目な話しあいが嘘のように思えてくる。だが指摘されたように、レインがバル・ナシュとしてはかなりあやういことは間違いないだろう。

たとえば目の前で同じように抱かれている英里も、見た目ならばレイン以上に弱々しく脆そうに見える。だがその精神はレインよりはるかに柔軟でしなやかで、強いはずだ。もちろん過去にはいろいろとあったのだろうし、傷ついたこともあったに違いないが、それらをすべて乗り越えてしっかりと地に足が着いている感じがする。カイルが先に逝《い》ったとしても、悲しみに暮れながらも生きていけるはずだ。

だがレインは違うだろう。エルナンがいなかったら壊れてしまう。

そんなレインを腕に抱き、ほの暗い喜びを感じているエルナンも、やはり最初の頃に指摘された通り、バル・ナシュとしてはどこか不完全なのかもしれない。

じっと見つめてくるレインの髪を指で梳《す》くと、安心したように目が伏せられる。

「ああ、だめだこの子ら、自分たちの世界に入っちゃってるよ」

その声に顔を上げると、三人がこちらを見ていた。

多少排他的なのは自覚していた。それがバル・ナシュの本能から外れると言えばそうなのだろうが、たぶんカイルにもそういう部分はあって、上手に隠しているだけなのだろう。口元に浮かぶ笑みが暗《あん》にそう告げている。

「いいなぁ、みんな。可愛い子とイチャイチャできて」

「おまえもすればいいだろ」

「誰とっ？　いないじゃん。あと全部、無駄にでっかいのばっかだし！　それともエーリかレイン貸してくれんの？」

「英里は俺専用だ」

「レインも俺だけだもんな？」

「ああ」

「ずるいー。独り占めずるいー」

うるさいラーシュに溜め息をつき、カイルは英里と指を絡めながら言った。

「今後、おまえ好みのやつが現れるかもしれないぞ。いくつか変化の兆《きざ》しが出てるだろ」

「はっ、そうだった！」

ラーシュはきらりと目を輝かせ、来るかどうかもわからない蜜月に思いをはせる。

新たな同族については、やはり以前話した通り出現自体に変化が訪れているようで、いまは同時に二人の気配をキャッチしている。以前は大柄《おおがら》な者しかいなかったというバル・ナシュに、英里とレインのようなタイプが現れたように、今後は多様化していく可能性も示唆《しさ》されていた。もしかすると女性や子供も変化するかもしれない。

なにがあろうと、エルナンの生き方や気持ちに変わりはないが。

「僕も絶対可愛い恋人ゲットしてやる。僕だけのお姫さまプリーズ……！」

「おまえが一人で満足できるとは思えないんだが……」

「できるもん。エーリとかレインみたいな子だったら、その子だけでいい！　でっかい男、もうやだ。みんなムキムキだし、暑苦しいし。こうぎゅーっと抱きしめられるくらいのさ、ひょいって持ち上げられるくらいのサイズ希望。立位でガンガン攻められるくらいだといいよね！　それで喘ぎ声が可愛いの」

「わかったわかった。チャンスを待て」

「頑張るね！」

そんな日が来るかどうかはあやしいが、夢を抱くのは自由だ。ラーシュのことは親友のカイル――ラーシュは常にそう主張している――に任せ、エルナンは腕のなかのレインに視線を戻した。

表情には出にくいが、ラーシュとカイルの話をおもしろがって聞いているのは確かなようだ。エルナン以外に興味が薄い彼も、なんだかんだと一部の同族に対してはそれなりの信頼と好意を抱いているのだ。

「たまにはこういうのも、いいだろ？」

二人だけの生活に不満はないし、むしろ基本的にはこれがいいと思っている。だがたまの来客も悪くはないと思った。

レインも同意見だったらしく、少し表情を和《やわ》らげて頷《うなず》いた。

いつか二人でこの小さな世界を出て行くことになったら、どこかでひっそりと暮らしつつ、たまには誰かを訪ねるのも悪くない。

自然と描けるようになったバル・ナシュとしての未来に、エルナンは我知らず口もとを緩《ゆる》めた。

あとがき

いかがでしたでしょうか、「追憶の雨」。

今回のメインの二人は、前作にはまったく登場していない新キャラなので、こちらだけで問題なく読めるかと思います。

それにしてもエルナン、しつこいです(笑)。執着の激しさでは、わたしの攻キャラのなかでもトップクラスではないでしょうか。一歩間違えるとヤンデレになっちゃうタイプですね。応えてくれるなら、ただの溺愛ですみそうです。

何十年か後に二人で島を出たあとは、ちょっと大変そう(笑)。レインを外に出さないんじゃないかな。レインもそれでかまわないだろうから、問題は起きそうにないですが。ツリーハウスでの生活が、外でも繰り広げられるような感じでしょうか。

カイルと英里はずっとああです。永遠に新婚カップル。そしてラーシュはそのうちきっと、理想のパートナーをゲット……できるといいんですが、どうかな(笑)。一生あのままっていうのも充分ありだと思います。

ところで今年も栽培中のバジル。去年の半分とはいえ、やはり食べきれないほどのお育ちっぷりです。わさわさしてます。

せっせと乾燥させたり、ペーストにしたり、そのまま食べたり……。でも成長速度に追いつかないのであった。二、三日目を離すと、食べ頃の葉になってるし、影に隠れて見えない部分に花をつけてしまっていたり……。

ほかのものも育てようかなといいつつ、タイミングを逸したので、来年こそは……と思っている次第です。


話は戻りまして……と言いますか、お礼を！

高宮《たかみや》先生、前回に引き続きありがとうございました！　いつもながらの美しいイラストに、うっとり幸せを感じてます。

そして、エルナンのイメージとしてあげてくださった男性モデルさんがものすごくぴったりで驚愕いたしました。まったく知らない人だったので名前で検索かけて、出て来た画像を見た途端に「これだ！」と(笑)。これから色男系のキャラはこの人をイメージすることにいたします。

というわけで、ここまでご覧いただきましてありがとうございました。ぜひまた、別の本で！

きたざわ尋子《じんこ》

LYNX ROMANCE

恋《こい》もよう、愛《あい》もよう。

きたざわ尋子　illust. 角田緑

898円
(本体価格855円)

カフェで働く紗也は、同僚の洸太郎から兄の逸樹が新たに立ち上げるカフェの店長をしてくれないかと持ちかけられる。逸樹は憧れの人気絵本作家であり、その彼がオーナーでギャラリーも兼ねているカフェだと聞き、紗也は二つ返事で引き受けた。しかし実際に会った逸樹は、数多くのセフレを持ち、自堕落な性生活を送る残念なイケメンだった。その上逸樹は紗也にもセクハラまがいの行為をしてくるが、何故か逸樹に惚れてしまい…。

LYNX ROMANCE

いとしさの結晶《けっしょう》

きたざわ尋子　illust. 青井秋

898円
(本体価格855円)

かつて事故に遭い、記憶を失ってしまった着物デザイナーの志信は、契約先の担当である保科と恋に落ち恋人となる。しかし記憶を失う前はミヤという男のことが好きだったのを思い出した志信は別れようとするが保科は認めず、未だに恋人同士のような関係を続けていた。今では俳優として有名になったミヤを見る度、不機嫌になる保科に呆れ、自分がもう会うこともないと思っていた志信。だが、ある日個展に出席することになり…。

LYNX ROMANCE

秘匿《ひとく》の花《はな》

きたざわ尋子　illust. 高宮東

898円
(本体価格855円)

死期が近いと感じていた英里の元に、ある日、優美な外国人男性が現れ、君を迎えに来たと言う。カイルと名乗るその男は、英里に今の身体が寿命を迎えた後、姿形はそのままに、老化も病気もない別の生命体になるのだと告げた。その後、無事に変化を遂げた英里は自分をずっと見守ってきたというカイルから求愛される。戸惑う英里に、彼は何年でも待つと口説く。さらに英里は同族から次々とアプローチされてしまい…。

LYNX ROMANCE

掠奪《りゃくだつ》のメソッド

きたざわ尋子　illust. 高峰顕

898円
(本体価格855円)

過去のトラウマから、既婚者とは恋愛はしないと決めていた水鳥。しかし紆余曲折を経て、既婚者だった会社社長・柘植と付き合うことに。偽装結婚だった妻と別れた柘植の元で秘書として働きながら、充実した生活を送っていた水鳥だったが、ある日「柘植と別れろ」という脅迫状が届く。水鳥は柘植に相談するが、愛されることによって無自覚に滲み出すフェロモンにあてられた男達の中から、誰が犯人なのか絞りきれず…。

LYNX ROMANCE

掠《りゃく》奪《だつ》のルール

きたざわ尋子

illust. 高峰顕

898円
(本体価格855円)

既婚者とは恋愛はしない主義の水鳥は、浮気性の元恋人に犯されそうになり、家を飛び出し、バーで良く会う友人に助けを求める。友人に、とある店に連れていかれた水鳥は、そこで取引先の社長・柘植と会う。謎めいた雰囲気を持つ柘植の世話になることになった水鳥だったが、柘植からアプローチされるうち、徐々に彼に惹かれていく。しかし水鳥は既婚者である柘植とは付き合えないと思い…。

LYNX ROMANCE

純《じゅん》愛《あい》のルール

きたざわ尋子

illust. 高峰顕

898円
(本体価格855円)

仕事に対する意欲をなくしてしまった、人気小説家の嘉津村は、カフェの隣の席で眠っていた大学生の青年に一目惚れしたのをきっかけに、久しぶりに作品の閃きを得る。後日、嘉津村は仕事相手の柘植が個人的に経営し、選ばれた人物だけが入店できる店で、偶然にもその青年・志緒と再会した。喜びも束の間、志緒は柘植に囲われているという噂を聞かされる。それでも、嘉津村は頻繁に店に通い、彼に告白するが…。

LYNX ROMANCE

指《ゆび》先《さき》は夜《よる》を奏《かな》でる

きたざわ尋子

illust. みろくことこ

898円
(本体価格855円)

音大でピアノを専攻している甘い顔立ちの鷹宮奏流は、父親の再婚によって義兄となった、茅野真継に二十歳の誕生日を祝われた。バーでピアノの生演奏や初めてのお酒を堪能し、心地よい酔いに身を任せ帰宅するが、突然真継に告白されてしまう。奏流が二十歳になるまでずっと我慢していたという真継に、日々口説かれることになり困惑する奏流。そんな中、真継に内緒で始めたバーでピアノを弾くアルバイトがばれてしまい…。

LYNX ROMANCE

だってうまく言《い》えない

きたざわ尋子

illust. 周防佑末

898円
(本体価格855円)

料理好きが高じて、総合商社の社食で調理のスタッフをしている繊細な容貌の小原柚希は、小さなマンションに友人と暮らしている。ワンフロアに二世帯しかなく隣人の高部とは挨拶を交わす程度の仲だった。

　そんなある日、雨宿りをしていた柚希を通りかかった高部が車で送ってくれることに。お礼として料理を提供するうち、二人の距離は徐々に近づいていくが…。

LYNX ROMANCE

ささやかな甘傷《かんしょう》

きたざわ尋子 illust: 毬田ユズ

898円
(本体価格855円)

アミューズメント会社・エスライクに勤める澤村は、不注意から青年に車をぶつけてしまう。幸いにも捻挫程度の怪我ですんだが、「家に置いてくれたら事故のことを黙っていてやる、追い出したら淫行で訴える」と青年は澤村を脅してきた。仕方がなく澤村は、真治と名乗る青年と同居生活を送ることになった。二人での生活にもようやく慣れ、彼からの好意も感じられるようになった頃、真治が誰かに追われるように帰宅してきて…。

LYNX ROMANCE

憂《ゆう》惑《わく》をひとかけら

きたざわ尋子 illust: 毬田ユズ

898円
(本体価格855円)

入院した父の代わりに、喫茶店・カリーノを切り盛りしている大学生の智暁。再開発によって立ち退きを迫られ、嫌がらせもエスカレートしてきていた矢先、突然7年ぶりに血の繋がらない弟の竜司が帰ってきた。驚くほど背が高くなり、大人の男の色気を纏って帰ってきた竜司に、智暁は戸惑いを隠せなかった。さらに竜司から「智暁が好きで、このままでは犯してしまうと思って家を出た」と告白をされ、抱きしめられてしまい…。

LYNX ROMANCE

そこからは熱情《ねつじょう》

きたざわ尋子 illust: 佐々成美

898円
(本体価格855円)

絵本作家をしながらCADオペレーターの仕事もこなす澄川創哉は、従兄で工学部研究員の、根津貴成と同居している。根津は、勝手気ままな振る舞いで、同居の初日に創哉を抱き、以来ずるずると9年の間、身体だけの関係が続いていた。しかし、根津に恋心を抱く創哉は、この不毛な関係を断ち切ろうと家を出る決心をするが、それを知った根津に強引に引き留められ…。

LYNX ROMANCE

同《おな》じ声《こえ》を待《ま》っている

きたざわ尋子 illust: 佐々成美

898円
(本体価格855円)

博物館学芸員を目指す木島和沙は、兄の親友でベンチャー企業の副社長である谷原柾樹と付き合っていた。しかし、ある事件により谷原に裏切られたことを知った和沙は谷原に別れを切り出すが、執拗な説得の前に「三年の間考える」という約束をしてしまう。それから離れて暮らしていた二人だったが、谷原の策略により、和沙は彼の下でバイトをすることになる。和沙の胸の奥には、まだ揺れ動く熱い想いが眠っていて…。

LYNX ROMANCE

瞬《まばた》きとキスと鎖《くさり》

きたざわ尋子 illust. 緒田涼歌

898円（本体価格855円）

旅行先で暴行されそうになり、逃げ出した佑也は、憧れていた元レーサーの滝川に助けられた。彼が滞在予定のホテルに泊めてもらった夜、礼にと身体を差し出すが、そのいたいけな姿に違和感を覚えた滝川に拒絶される。複雑な家の事情から、代償を求められることに慣れてしまっていた佑也。頑なになっていた心を包みこむような滝川の優しさに、戸惑いながらも想いをゆだねていく。しかし、何者かが佑也をつけ狙い始め……。

LYNX ROMANCE

くちづけと嘘《うそ》と恋心《こいごころ》

きたざわ尋子 illust. 緒田涼歌

898円（本体価格855円）

旅先で憧れの元レーサー・滝川と出会い、恋人となった佑也。だが宿泊していたリゾートホテルから帰り日常に戻ると、滝川との関係が不確かなものに思えてしまう。そんな気持ちに追い打ちをかけるかのように、体の関係を強要してくる義兄から連絡が入り、不安が募る。けれど落ち込む佑也を滝川は、甘い腕の中で不安を溶かしてくれた。その上、夢だった彼のチームで働くチャンスをもらい、佑也は新たな生活を始めるが…。

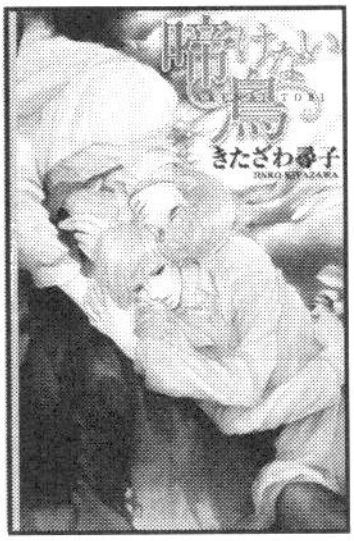

LYNX ROMANCE

啼《な》けない鳥《とり》

きたざわ尋子 illust. 陸裕千景子

898円（本体価格855円）

身寄りがなく、天才が集まる組織で育てられた冬稀は、創薬研究所に勤める賀野に望まれ、入所することになる。自らに価値を見いだせずにいた冬稀は、熱意溢れる彼の言葉によって、心に奇妙な高揚感を植えつけられた。冬稀は賀野のために研究に没頭するが、仕事よりも冬稀の体を気遣う賀野の優しさにいつしか惹かれていく。しかし、自分が関わる研究でスタッフが事故死したことにショックを受け、研究が続けられなくなり…。

LYNX ROMANCE

鳥《とり》は象牙《ぞうげ》の塔《とう》にいる

きたざわ尋子 illust. 陸裕千景子

898円（本体価格855円）

研究所で暮らしていた加室充紘は、天才的な頭脳を請われ、長和製薬に入社する。そこで、亡くなった兄に似た世話係の久保寺と対面し衝撃を受ける。だが、優しかった兄とは違う不躾な物言いに、充紘は最悪な印象しか感じなかった。しかし、充紘は極秘の研究をしているため、反発しつつも彼に頼るしかない。共に食事をしている時、充紘はふとしたことから久保寺の気遣いに触れる。乱暴な性格からは伺えない優しさに充紘は……。

LYNX ROMANCE LYNX ROMANCE LYNX ROMANCE LYNX ROMANCE

LYNX ROMANCE

手《て》のひらの鳥《とり》かご

きたざわ尋子

illust. 陸裕千景子

898円
（本体価格855円）

創薬研究所に勤めている冬稀は、上司である賀野と恋人同士として付き合っている。ぎこちないながらも賀野と生活する冬稀は、一時遠ざかっていた仕事に復帰することになった。その矢先、冬稀の身辺を調べている男がいると、報告が上がる。心配した賀野が冬稀の周辺の警備を強化した時、瀬沼という弁護士から冬稀に面会の申し出があった。ある会社から依頼されてきた瀬沼から冬稀は、驚くべき出生の秘密を伝えられ…!!

LYNX ROMANCE

空《そら》を抱《いだ》く鳥《とり》

きたざわ尋子

illust. 陸裕千景子

898円
（本体価格855円）

長和製薬の創薬研究所に勤める充紘。恋人の久保寺の腕に抱かれて日々幸せを感じつつも、長和製薬が業界一位になったことを受けて激化する抗議団体の活動が気がかりだった。久保寺が不穏な周囲を警戒する中、隙を突かれた充紘は何者かに拉致されてしまう。殺人兵器を作るよう脅迫されるが、充紘は久保寺の助けを信じ、抵抗を諦めなかった。そして久保寺も、充紘を取り戻すためにある決断を下す――！ シリーズ最終巻!!

LYNX ROMANCE

言《こと》葉《ば》なんていらない

きたざわ尋子

illust. 笹生コーイチ

898円
（本体価格855円）

大学生の風見圭祐は、美人で頭はいいが、少し変わり者の同級生の佐原志束と友人として付き合っていた。風見としては、不思議な行動を繰り返す志束に関わりたくはなかったが、一人でいると食事もしない志束をほうっておけず、行動を共にすることになったのだ。しかし、樹木医を目指す志束の時折見せるかわいらしさに友情とは違う感情が芽生えてしまう。ある時、風見は志束に告白をするが、事態は思いもかけない方向に……。

LYNX ROMANCE

息《いき》もできないくらい

きたざわ尋子

illust. 笹生コーイチ

898円
（本体価格855円）

大学生の拓未は、年上の従兄弟で弁護士の浩二郎を嫌っていた。なぜなら、双子の弟・志束に下心を持っているうえに、自分には不遜な態度を取るからだ。そんなある日、浩二郎が寝ている志束にキスをしようとするところを目撃してしまう。さらに、浩二郎は、弟を口説くためにバイトを頼むと宣言する。弟を守りたい拓未は、代わりにそのバイトを引き受けるのだが、浩二郎に恋心を抱いていることに気づいてしまい……。

LYNX ROMANCE

強《つよ》がりでも本気《ほんき》でも

きたざわ尋子

illust. 高宮東

898円
（本体価格855円）

中沢祐秋はカフェで財布を忘れて困っているところを華やかで知的な大人の雰囲気をもつ安佐見に助けられる。美容院を経営している安佐見にお金を返そうとした祐秋だったが、彼から食事に誘われ共に過ごすうちに、いつしか強引で優しい安佐見に惹かれていった。しかし祐秋は信じていた人に一方的に振られ、辛い失恋を経験していた。その傷を引きずったまま安佐見と溺れるような関係を続けていくが……。

LYNX ROMANCE

週末《しゅうまつ》の部屋《へや》で

きたざわ尋子

illust. Lee

898円
（本体価格855円）

一途な性格で綺麗な容姿の安達久貴は、祖父の会社の秘書だった竹中に恋をし続けている。中学生の時に告白してふられていたが、彼への想いを断ち切れなかった。大学生になったある日、久貴は再び告白しようと竹中の元を訪れた。しかし、彼から想い人がいると告げられ、久貴は激しいショックを受ける。叶わない想いと知りながらも久貴は、竹中の傍にいられたらと、身体だけの付き合いを申し出るが……。

LYNX ROMANCE

真夜中《まよなか》の部屋《へや》で

きたざわ尋子

illust. Lee

898円
（本体価格855円）

かつては祖父の秘書で、ずっと好きだった竹中と恋人同士となった久貴。週末ごとに竹中と幸せな時間を過ごしていたが、久貴は一抹の不安を抱えていた。竹中に対する想いは日々強くなっていくのに、彼は以前と変わらない冷めた態度で、久貴に接するのだ。彼との想いの温度差に悩むある日、友人の翔太郎から、「恋愛は駆け引きだ」と助言される。竹中の本心を知るため久貴は、竹中と距離をおこうとするが……。シリーズ第2弾!!

LYNX ROMANCE

部屋《へや》の明《あ》かりを消《け》して

きたざわ尋子

illust. Lee

898円
（本体価格855円）

長年片想いし続けていた年上の竹中と、ようやく恋人同士になれた久貴。充実した毎日を送っていたある日、久貴の元に従兄弟の俊弥が家出してきて、預かることに。しかし、男同士の恋愛を嫌悪する俊弥の手前、竹中を恋人として紹介できなかった。俊弥から自分たちの仲を必死に隠そうとする久貴だが、竹中は意に介さず、普段と同じように迫ってきて……。『週末の部屋で』シリーズ第3弾!!

OMANCE LYNX ROMANCE LYNX ROMANCE LYNX ROMANCE

LYNX ROMANCE

部屋《へや》は夜明《よあ》けに眠《ねむ》る

きたざわ尋子

illust. Lee

898円
(本体価格855円)

安達久貴は建築のデザイナーとして、竹中の恋人としても、幸福な生活を送っている。しかし、以前出会った三田村のリフォーム依頼を受けたことから、強引なアプローチをされることになった。恋人がいるのを知りながら誘ってくる三田村に、困惑する久貴だったが、竹中の言葉に絆は揺るがないと信じていた。しかし、仕事のため別荘に行った久貴は、竹中の目の前で三田村に、突然キスをされ動揺してしまい…。シリーズ最終巻!!

LYNX ROMANCE

あの恋《こい》のつづき

きたざわ尋子

illust. 笹生コーイチ

898円
(本体価格855円)

高校生の森岡誓の元に突然、二十億円もの遺産相続の話が舞い込む。あまりにも突拍子のない話を辞退するために訪れた部屋で、誓は初恋の相手である杉浦鷹輝に再会する。幼き日の想いがよみがえり、胸を高鳴らせる誓。しかし鷹輝は誓を覚えておらず、逆に冷たくあしらわれてしまう。それでも誓は鷹輝をひたむきに慕い続ける。そんなある日、鷹輝の部屋を訪れた誓は、思い詰めた表情の鷹輝にむりやり身体を奪われ——!?

LYNX ROMANCE

恋《こい》に濡《ぬ》れて

きたざわ尋子

illust. 北畠あけ乃

898円
(本体価格855円)

高校生の古賀千絃は幼い時に両親を亡くして以来、周囲への素っ気ない態度のせいで孤立した生活を送っている。そんな千絃にも大切な思い出があった。幼い頃にたったひと夏、兄のように慕った仁藤諒一と一緒に暮らした日々。休みを利用して、別荘地に向かった千絃は、偶然諒一と再会する。昔と変わらない諒一の包み込むような優しさに、千絃の鬱屈とした心は癒されていく。だが諒一が、千絃に突然告白してきて——!?

LYNX ROMANCE

夜《よる》に溺《おぼ》れて

きたざわ尋子

illust. 北畠あけ乃

898円
(本体価格855円)

大学生の古賀千絃は、過去につらい別れ方をした仁藤諒一にやり直させてほしいと請われ、再び彼と恋人同士になった。諒一を信じたいと思いながらも、臆病な千絃は諒一に対する警戒心を拭いきれない。以前と違い、優しく接してくる諒一にも戸惑い、千絃は諒一とぎこちない生活をおくっていた。そんな中、諒一から『籍を移さないか』と告げられるが、千絃は素直に頷くことができず……。

LYNX ROMANCE
きわどい賭《かけ》
きたざわ尋子
illust. 金ひかる

898円
（本体価格855円）

ある日、朝比奈辰征はホテルの地下駐車場で、思いつめた表情の少年、西崎双葉と出会う。異母弟の御原隆一と勘違いされていることに腹を立てながらも、双葉の容貌に惹かれた朝比奈は、ちょっとした悪戯心を起こし彼をからかう。涙ぐみながらも快感にうたれる双葉…。そんな姿を見て朝比奈は、別人であることを告げる。動揺しつつも隆一を捜すことをあきらめられない双葉は、朝比奈に隆一を捜し出してくれるよう頼むが…。

LYNX ROMANCE
あやうい嘘《うそ》
きたざわ尋子
illust. 金ひかる

898円
（本体価格855円）

朝比奈が所有しているマンションに住むことになった双葉。強引な朝比奈にからかわれながらも、双葉は恋人として半同棲生活をおくっていた。そんな中、同じ大学の先輩である坂上が現れる。謎につつまれた朝比奈の職業を知りたがる坂上に双葉はしつこくつきまとわれ、バイト先にまで押しかけられてしまう。それを聞いた朝比奈は、双葉を守ろうとある行動にでるが…。待望の書き下ろしは、布施と穂村の謎めいた関係があかされる。

LYNX ROMANCE
つたない欲《よく》
きたざわ尋子
illust. 金ひかる

898円
（本体価格855円）

厄介な性格の朝比奈を恋人にしてしまった双葉は、遊ばれながらも平穏な日々をおくっていた。しかしそんな生活の中でも、双葉の心には、朝比奈の特殊で危険な仕事に対しての不安があった。朝比奈の身を案じながら、互いの生き方の違いに思い悩む双葉。そんなある日、双葉のバイト先で常連客の成沢が体調を崩し、双葉が家までおくりとどけることになった。成沢に顔も知らない父親の面影をかさねていた双葉は…。

LYNX ROMANCE
いとしい罠《わな》
きたざわ尋子
illust. 金ひかる

898円
（本体価格855円）

大学生の西崎双葉の恋人は、危険で特殊な職業に就く朝比奈辰征。知的だが、得体の知れない雰囲気の朝比奈に愛されながらも、振り回される日々を送っていた。そんな中、新しいアルバイト先に突然高嶺綱基が訪ねてくる。戸惑う双葉に高嶺は、真摯なまなざしで自分は双葉の実の父親だと語り始めた。双葉は対立する二人の間で複雑な思いを抱え、その気持ちを朝比奈に打ち明けるが…。

この本を読んでの
ご意見・ご感想を
お寄せ下さい。

〒151-0051
東京都渋谷区千駄ヶ谷4-9-7
(株)幻冬舎コミックス　リンクス編集部
「きたざわ尋子《じんこ》先生」係／「高宮《たかみや》 東《あずま》先生」係

LYNX ROMANCE
リンクス ロマンス

追憶の雨

2013年9月30日　第1刷発行

著者……………きたざわ尋子《じんこ》
発行人…………伊藤嘉彦
発行元…………株式会社　幻冬舎コミックス
〒151-0051　東京都渋谷区千駄ヶ谷4-9-7
TEL 03-5411-6431（編集）
発売元…………株式会社　幻冬舎
〒151-0051　東京都渋谷区千駄ヶ谷4-9-7
TEL 03-5411-6222（営業）
振替00120-8-767643
印刷・製本所…共同印刷株式会社
検印廃止

ISBN978-4-344-82925-1 C0293
Printed in Japan

幻冬舎コミックスホームページ　http://www.gentosha-comics.net